神さまお宿、あやかしたちとおもてなし2
〜神さま修行と嫁修業!?〜

皐月なおみ　Naomi Satsuki

アルファポリス文庫

https://www.alphapolis.co.jp/

第一章　いぬがみ湯ふたたび

天河村《てんかわむら》は、天河山のふもとに広がるのどかで小さな村である。緑の山々を縫うように走る赤い電車と無人駅、タクシーが一台だけ停まっている駅前ロータリー。

その先は山を登るように商店街が続いている。

村唯一の温泉宿いぬがみ湯は、和風建築の古い建物である。

山から源泉を引いている大浴場は、地元の人たちの憩いの場になっていて、毎日暖簾《のれん》をかけるやいなや多くの入浴客たちが詰めかける。

季節は少し早く冬となり、日中はそれほどでもないのだが、やはり夜は冷える。

夜明け前、番台裏の和室で布団と毛布を被って寝ていた、いぬがみ湯の女将大江鈴《おおえすず》は、肌寒さを感じてうっすらと目を開けた。起きるまでにはまだ時間がある。

いぬがみ湯は夜遅くまで営業しているため、鈴がすべての業務を終えて眠りにつくのはたいてい日付が変わるころ。その代わりに朝は少しゆっくりだ。

もう一眠りしようと隣で寝ているもふもふとした白い狼に身を寄せて腕を回し

ギュッと抱きつくと途端に替えたての畳のような大好きな香りに包まれる。温かい幸せな気持ちで胸をいっぱいにしながら、鈴はまた目を閉じた。

チュンチュンという雀の鳴き声を聞き、朝の清々しい空気を感じて鈴が次に目を覚ますと、抱きついていたはずの白狼はいつの間にか消えている。代わりに銀髪の男性が枕に腕をついてにっこりと微笑んでいた。

「おはよう、鈴」

しじら織の浴衣姿で少し長い髪を肩から流している彼こそが天河山の地主神、白妙《しろたえ》だ。

白狼の神さまである彼は、こんなふうに人の姿になることもできるのだ。

「おはようございます、しろさま。起きていらしたんですね……」

「うん、鈴の可愛い寝顔を見ていたんだ」

そう言って彼は満月色の綺麗な目を細めると腕を伸ばして布団の中でギュッと鈴を抱きしめた。

「ゆっくり眠れたかい？　昨日も夜遅くまで一生懸命働いていたんだ。まだ寝てていいんだよ」

白妙は甘い言葉を口にしながら、鈴の髪に頬ずりをする。そんな彼の行動に、鈴の心臓は跳びはねるが、鈴も彼に問いかける。

「ぐっすり眠れました。しろさまは、ゆっくりお休みになられましたか？」

今は温泉宿兼銭湯として経営が成り立っているいぬがみ湯だが、その昔は彼を祀る神社だった。天河村は、地主神である白妙を祀るために開かれた村なのだ。そのときから現在にいたるまで、村人たちは彼に見守られて幸せに暮らしている。

鈴が女将になるまでは、彼はずっと大浴場のタイル画の中にいた。大浴場の白狼のタイル画はいぬがみ湯のシンボルだ。それは今も基本的には変わらないが、夜はタイル画から出てきてひとつの布団で一緒に寝てくれる。

昼間どれほど忙しく働いてくたくたに疲れたとしても、夜彼にくっついて眠れば朝には元気いっぱいになるのだ。

「私もよく眠れたよ。鈴とこうしていると心から安らぐのだろう、ついつい眠りすぎてしまう」

そう言って彼が鈴を包む腕に力をこめて至近距離からジッと見つめると、鈴の頬は熱くなる。

白狼姿の彼にはいつも自分から抱きつくけれど、人の姿のときはそうはいかない。しじら織の浴衣からチラリと覗く胸元と、自分を見つめる綺麗な目を直視することができなかった。

鈴が彼への恋心を自覚して、さらに想いが通じ合ってからしばらく経つが、こういう反応は、いつまでたってもそのままだった。

「鈴……」

彼の手が寝起きの鈴の髪を優しく梳いていく。視線がゆっくりと降りてきて、あと少しで唇と唇が触れ合うというところで……

「『おはようございまーす！』」

元気な声とともに番台と和室を隔てるガラス戸がガラリと開く。白妙の動きがぴたりと止まり、ため息をついた。

ガラス戸の向こうに並んでいる二匹の小猿、太郎《たろう》と次郎《じろう》が声をあげる。

「あー！　また、うちの神さまは！　鈴さまと一緒に寝てはならないと、あれほど佳代《かよ》さまに言われているのに！」

「まったく油断も隙もない！」

鈴は慌てて起き上がり布団の上に正座した。あらぬところを見られてしまい真っ赤になる。

白妙も起き上がり、彼らをじろりと睨んだ。

「無粋な猿たちだ。主人のいいところを邪魔するしもべなど聞いたことがない」

太郎と次郎は、まだここが神社だったときの守り神で、夜は宿の前にある鳥居のそばで石像になって眠っている。白妙とは、ここが神社だったころから主従関係だ。温泉宿となってからは、番頭として働いている。

「だいたい私と鈴は夫婦になると約束した仲なんだ。同じ布団で眠るのにいったいなんの問題があるというのだ」

白妙が腕を組み不満そうにぶつぶつと言う。

太郎と次郎は白妙にというよりは、どちらかというと前女将であり鈴の祖母でもある大江佳代に忠誠を誓っているふしがあり、彼女の言うことをよくきく。

祖母は、昔から白妙が鈴を嫁にしたいと言っていたことに反対だったのである。

それは鈴に苦労をさせたくないという愛情からだったが、鈴自身が彼と夫婦になりたいと願うようになり、しぶしぶ了承してくれた。しかし、まだ正式に結婚していないうちに白妙が鈴に手を出すことがないよう見張ってくれと太郎と次郎に厳命しているというわけだ。

祖母自身は、村の病院で療養中だ。

「まだ夫婦ではありません。許嫁《いいなずけ》にございます」

太郎が白妙に言い返すと、彼は呆れたようにため息をついた。

「お前たちは、人の常識を知らないな？　許嫁《いいなずけ》同士ならば、一緒に寝るくらいは当たり前だ」

次郎が目をパチパチさせた。

「人の常識って……。ですが佳代さまも人ですよ」

「佳代はもう年寄りだから、時代遅れなんだよ」

そんなやり取りをしながらも、太郎と次郎は白妙の髪を結んだり、浴衣を整えたり彼の身支度を始める。口でやり合うほど両者の関係は悪くないのだ。

鈴も布団を畳んで押し入れにしまい、窓を開けて朝の空気を取りこんだ。十二月の晴れた朝の空気は冷たいけれど心が澄み渡るようで気持ちいい。

和室の窓の外はいぬがみ湯の裏庭になっている。天河山の森の木立ちの間から鹿がこちらを覗いていた。

「おはようございます」

少し大きな声で鈴が言うと、鹿は驚いたように耳をピンと立ち上げて、すぐに森の中へ消えていった。

「あれはただの鹿ですね」

いつの間にか隣に来ていた太郎が言う。

もとは神社の守り神だった太郎次郎が番頭をしているいぬがみ湯は、むろんただの温泉宿ではない。よろずの神さまが泊まりにくる温泉宿だ。普段は人間の願いを叶えることに忙しい神さま方に、ゆるりと過ごしていただき、宿代として天河村にご利益をいただく決まりになっている。そのおかげで天河村は、山深い場所にありながら活気に満ちている、というわけだ。

神さまたちの宿泊予約は、使いである鹿が伝えてくれる。だから鈴は、山の鹿を見かけるたびにこうして声をかけることにしている。

「この時期は、秋の収穫から新しい年を迎えるための準備で神さま方もお忙しいですから、お泊まりになられる方は少ないです」

太郎の言葉に、鈴は頷く。

宿のほうに余裕があるうちに、新年を迎えるための準備をしなくてはならない。なにせ、銭湯だけでも毎日忙しいのだ。合間を見て少しずつ……。

そんなことを考えているうちに鈴の頭が女将モードに切り替わった。

胸いっぱいに冷たい空気を吸いこむと、完全に目が覚める。

今日もいぬがみ湯の忙しい一日が始まった。


本格的に女将を引き継いでから新調したあずき色の作務衣に着替えて、朝食を済ませた鈴がまず向かったのは、裏庭の水場だ。

山からの湧水が竹の筒からチョロチョロと流れ出ている。コップ一杯ぶんくらいを鉄瓶に入れ、台所へ戻り火にかけた。しばらくして沸騰した湯を、湯呑みに注ぐ。白妙に風呂上がりに飲んでもらうための白湯《さゆ》だ。

いぬがみ湯の湯は恵みの湯として地元の人たちに愛されている。湯に浸かると年寄りでも肌はつやつや、足腰はぴんしゃんすると評判だ。それにはもちろん秘密があって、地主神である白妙に一番風呂に入ってもらうことで、温泉がご利益を発揮するからだ。

以前は彼は白湯《さゆ》だけを飲んでいたのだが、鈴が女将になってからはラムネも好んで飲むようになった。水色の瓶に入った甘いラムネを嬉しそうに楽しんで、最後に白湯《さゆ》で喉を潤すのだ。

次に鈴が向かうのは、二階の客室だ。水を張ったバケツと雑巾を持って番台の脇の階段を上る。宿泊客がいなくても毎日簡単に掃除をすることになっている。まずは和室と廊下を隔てる襖と窓をすべて開けて空気を入れ替える。そして畳を乾拭《からぶ》きしてから、机や廊下を水拭きしていく。

ひと通りのことを終えて、鈴が階段を下りると、番台の横に太郎がいた。

「鈴さま。大浴場をお願いします。『ててて』たちが待ちかねておりまして、次郎が困っております」

「てててたちが？　わかりました」

鈴は頷いて、大浴場へ続く渡り廊下へ向かう。渡り廊下では、『せわし男』が「せわし！　せわし！」と言いながら走り回っていた。

彼はいぬがみ湯に住み着いているあやかしで、時折こうやって出てきては、居合わせた人をなんだか忙しい気持ちにさせるのだ。鈴が女将になってからは毎日出てくるようになった。

「おはようございます、せわし男さん」

鈴が声をかけると、はたと立ち止まり頷いてどろんと消えた。

大浴場の手前に休憩処があり、その先に藍色と朱色の暖簾《のれん》が下がっている。暖簾《のれん》の奥が脱衣所だ。休憩処の窓からは、天河村を見渡すことができる。日が差しこむ明るい中に、お坊さんが座ってゆらゆらと身体を揺らしていた。

「崔《さい》老師、おはようございます。今日もよろしくお願いいたします」

鈴が声をかけると、彼は揺れるのをやめて振り向き頷く。そしてまた向こうを向いて揺れ始めた。

彼はあんま師のあやかしで、入浴客の中に疲れた人がいれば、休憩処にて勝手に身体を揉む。恵みの湯といわれているもうひとつの秘密だ。

鈴が男湯の暖簾《のれん》をくぐると、脱衣所にはたくさんの白くて丸いものが次郎を取り囲んでいる。てててだ。

「あ、鈴さま、よかった。てててたちが早く鈴さまに会いたいと言っていて」

次郎が鈴の姿を見てホッとしたような表情になった。

すると、次郎のまわりのてててたちが、鈴に気がついてぴょんぴょんと跳びはねながらこちらへやってくる。あっという間に今度は鈴が彼らに取り囲まれた。

てててては、いぬがみ湯の床掃除を手伝ってくれるあやかしだ。白くてぷにぷにの身体で廊下や脱衣所をててて、てててと転げ回り、床を綺麗にしてくれる。

「おはよう。今日もよろしくね」

声をかけながらひとりずつ撫でていく。すると、彼らは嬉しそうにくすくすと笑って、仕事に取りかかった。

脱衣所と廊下の床はてててたちに任せて、鈴は大浴場の掃除に取りかかる。脱衣所から浴場へ続く戸をガラガラと開けると、男湯女湯両方にまたがる大きなタイル画が鈴を迎えた。いぬがみ湯のシンボル、白狼のタイル画だ。

壮大な天河山を背にして、白狼姿の白妙が寝そべっていた。

「しろさま、今からお掃除をさせていただきます。うるさくして申し訳ありません」

彼に向かって鈴がそう断ったのは、営業時間外で彼がタイル画にいるときは、寝ていることが多いからだ。太郎と次郎はそんな彼をぐうたら神さまと言うけれど、営業時間中は入浴客のために、神さまらしくカッコよくポーズを決めていてくれる。今くらいゆっくりとしてほしかった。

「いや、かまわないよ。掃除をする鈴を見るのは好きだ。一生懸命で可愛らしい」

そう言ってタイル画の彼は白い尻尾をふりふりとした。

「そ、そうですか……では……」

『好きだ』『可愛らしい』という言葉に鈴の頬が熱くなる。うまく返事ができないまま掃除を始めた。腕まくりをして桶や椅子、鏡を磨いていく。その間、彼はにこにこ笑って鈴を見ていた。

大浴場が終わると、てててたちと一緒に脱衣所や渡り廊下、番台がある玄関の床掃除をする。ひと通りのことを終えると、一旦休憩に入る。

掃除が終わったことを白妙に伝えて一番風呂に入ってもらうようお願いするため、鈴は大浴場へ引き返した。

「しろさ……、きゃあ！」

暖簾《のれん》をくぐると、彼は脱衣所にいた。浴衣を半分脱いでいる。

「すすみません！」

慌てて鈴は回れ右をして出ていこうとするが、手を引かれて腕の中に閉じこめられてしまった。

「謝ることなど何もないよ、鈴。私たちの仲じゃないか。風呂に入ってくれと言いに来たんだろう？」

「そ、そうです。ででも、あの……！」

上半身裸の彼に抱きすくめられているという状況に、鈴は頭から茹で上がるような心地がする。どこを見ていいかわからずに目を閉じてジタバタする。

それなのに彼のほうはその鈴の動揺をまったく意に介さずに、平然としてあろうことか鈴の頭に口づける。

「今日もピカピカに掃除をしてくれたね。鈴が掃除をしてくれたあとの一番風呂は、これ以上ないくらいに心地よい」

そんなことを言いながら今度は頬に口づける。その甘い感覚に鈴の鼓動は跳びはねた。

「鈴も一緒に入ろう。たくさん動いて汗をかいただろう？　気持ちいいよ」

もはやこのまま大浴場に連れていかれそうな勢いである。慌てて鈴は首を横に振る。

「い、一緒に⁉　そ、そういうわけにはいきません」

鈴の言葉に白妙が残念そうにした。

「どうしてだ？　嫌なのか？　毎日一緒に寝ているのに」

もちろん嫌だというわけではない。でもご利益をいただくための大切な一番風呂に、人間の鈴が一緒に入るわけにいかない。それにこれから女将としての仕事がある。何より……

「ふたりでお風呂はちょっと……」

鈴はごにょごにょ言ってうつむいた。

ひとつの布団で寝るのとはわけが違うと思う。何せ服を脱ぐのだから。最後まで言えない鈴の考えを、白妙はお見通しのようだ。彼はにっこりと笑って真っ赤になっている鈴の頬を突く。

「可愛いなぁ鈴は。じゃあ、風呂はまたにしよう。でも、許嫁《いいなずけ》同士なんだからこのくらいは慣れてもらわないと」

「慣れるって、……どうしてですか？」

「どうしてってそりゃあ……」

そのとき。

「あー！　白妙さま！　またべたべたしてる！」

次郎が暖簾《のれん》から顔を出し、大きな声をあげる。

白妙が舌打ちをして鈴をつかまえていた腕を緩めた。

鈴は慌てて、彼から離れた。

「そうだ！　私、おばあちゃんのところへ行かなくちゃ」

掃除が終わったあとの休憩を利用して、鈴は毎日祖母の見舞いに行くことにしているのだ。

「じろちゃん、お留守番をお願いね。しろさま失礼します！」

今度こそ回れ右をして、暖簾《のれん》をくぐり玄関を目指して渡り廊下を早足で歩く。火照る頬に手を当てて冷やそうとするけれど、なかなかもとに戻らなかった。

祖母が入院している病院は、天河村役場の近くにある。太郎と次郎に留守を頼み、鈴が病室を訪れると意外な先客がいた。

母、大江孝子《たかこ》である。

彼女は、ベッドの脇のパイプ椅子に座って祖母と話をしていたようだ。鈴の姿を見ると腕時計を見て立ち上がった。

「あら、鈴。ちょうどよかった。お母さんもう戻らなくちゃならないの。お昼休みで抜けてきたのよ。そしたらお義母さん、また」

祖母にそう言って、病室を出ていった。

母が校長として勤めている天河小学校はここからすぐ近くだから、仕事を抜けて祖母の顔を見に来たのだろう。着替えを届けに来たのかもしれない。

それ自体はいつものことだ。それよりも鈴が意外に思ったのは、母が病室に腰を落ち着け祖母と話をしていたことだった。

鈴の記憶にある限り祖母と母の関係は良好なものとは言えなかった。同じ村に住んでいながら互いの家を行き来することはほとんどなかったのだから。

祖母が倒れて入院してから、母はよく病院へ足を運んでいるけれど、それはただ息子の妻としての役割をこなしているだけだと鈴は思っていた。荷物を届けているのは知っていたが、あんなふうに話をしていたのが意外だった。

「最近は、よく話をするんだよ」

鈴の考えを読んだように祖母が言った。

「そうなんだ」

鈴はさっきまで母が座っていたパイプ椅子に腰を下ろした。

「おばあちゃんとお母さんは、お互いに嫌いなわけじゃないんだけど、似たところがあるからね。嫁と姑という関係だし、距離を取るほうが平和だという暗黙の了解があったんだよ。鈴には申し訳ないことをしたけど」

「それは別に……」

鈴は首を横に振った。関係が良好でないのは感じ取っていたが、ふたりともお互いの悪口を鈴に言うようなことはなかった。

「私が倒れてからお母さんにはずいぶん世話になったし、お母さんからは鈴がいぬがみ湯をやるサポートをしてやってほしいと頼まれてね。よく話をするようになったんだよ。お互いに歳を取って丸くなったのもあるだろうけど」

穏やかに微笑む祖母の笑顔に、鈴の胸があたたかくなる。鈴にとって大切な人たちが仲よくしてくれるのが嬉しかった。

「それに今回のことで、おばあちゃん、お母さんを見直したんだよ」

「今回のこと？」

「鈴と白妙さまの結婚のことだよ。お母さんが、まだ早いって白妙さまを止めてくれたんだろう？」

その言葉に鈴は頷いた。

「う、うん。まぁ……」

蛇のあやかし蛇沢喜一《へびさわきいち》に、天河村を乗っ取られそうになるという事件のあと、想いが通じ合った鈴と白妙はそのまま夫婦になるつもりだった。それに、待ったをかけたのが、母だったのである。

鈴はまだ二十歳で女将を始めたばかりなのだから、まずは仕事に専念するべきだと主張して。

教師である母らしい意見に、鈴も納得した。

想いが通じ合った直後は、白妙を恋しく想う気持ちが先行して、すぐにでも夫婦になりたいと願った。しかし、冷静になって考えると女将の仕事だけでも毎日てんてこまいなのだ。同時に地主神の妻としての役割までできる自信はない。何より母には心から祝福してもらいたい。

そんな鈴の気持ちを白妙が汲んでくれて、結婚は鈴がいぬがみ湯の女将として一人前になってから、ということになったのだ。

祖母がため息をついた。

「結婚に反対はしないけど、おばあちゃんも早いんじゃないかなと思っていたんだ。けど、白妙さまはなんといっても地主神さまだからね、あまり強くは言えなかった。それをお母さんはきっぱりはっきり言ってくれたという話じゃないか。頼もしいね、さすがは孝子さんだ」

「強くは言えなかった……」

鈴からしてみれば、祖母は白妙と喧嘩のようなやり取りをして、言いたいことを言っているように見えるのに『強くは言えなかった』とは驚きだ。

「鈴が悪いわけじゃないよ。若いころは、気持ちが燃え上がってとにかく早く一緒になりたいと思うものだ。それを諫めるのが年長者の役割だというのに。まったく……白妙さまは！」

眉を寄せて、祖母はぶつぶつと言っている。何やら雲行きがあやしくなってきた。

「とにかく、今は女将の仕事を頑張るんだよ、鈴。その間に、気が変わったってそれはそれで仕方がない。それも含めての猶予期間なんだから。そのときは相談してくれれば、おばあちゃんがなんとかするから」

祖母が腕を伸ばして、鈴の手を取り力説する。

気が変わる……なんてありえないと鈴は思うが、祖母の気迫に圧倒されてこくこくと頷いた。祖母と白妙の間には長年の因縁、とまではいかないが、一筋縄ではいかないものがあるようだ。まさに触らぬ神に祟りなし、だ。

「正式に結婚するまでは、白妙さまが鈴に手を出さないよう太郎と次郎にしっかりと見張らせているから何もないとは思うけど。……とはいえ、あの白妙さまのことだ、おとなしくしているとも思えない。ああ、心配だ。鈴？　太郎と次郎が見てないところで白妙さまに何か……」

「あ、今日は、酒屋のおじさんが来る日だった。私もう戻らなきゃ」

祖母の言葉を遮って、鈴は立ち上がった。

「おばあちゃん、また来るね。リハビリ頑張って」

「……ああ、また。困ったことがあるなら相談するんだよ」

そう言って手を振る祖母に手を振り返して、鈴はそそくさと病室をあとにした。

祖母には毎日会いたいが、会うとたびたびこのような話になるため、鈴は返答に困ってしまう。今のところ鈴と白妙は、想いが通じ合う前と同じように、夜一緒に寝ているくらいだが、白妙が何もしていない、とは言えないだろう。

病院を出ていぬがみ湯へ向かう道すがら、幾人かの見知った顔から声をかけられる。

「こんにちは、鈴ちゃん。佳代さんとこかい？　具合はどう？」

いぬがみ湯の常連客だ。

「こんにちは、だいぶ元気になりました。リハビリも順調でゆっくりなら歩けるようになりました」

鈴はなるべく大きな声ではっきりと答えた。

「ああ、よかった。安心したよ。また今夜、行くからね」

「はい、お待ちしております」

そんなやり取りをしてから、鈴はまたいぬがみ湯に向かって歩き出す。

そのあとも会う人会う人に声をかけられる。この村はそもそもほとんどの人が顔見知り。地主神を祀るいぬがみ湯は村の中心だから、皆鈴のことは知っている。

以前ならこういうとき、鈴はうつむいて小さな声で最低限のことを答えるのが精一杯だった。うまく笑顔を作ることができないからだ。無表情だ、無愛想だと言われるのが怖くて、誰かに話しかけられるとうつむく癖があった。

でも今は、いぬがみ湯の女将なのだ。笑うことはできなくても、せめて目を逸らさずに大きな声で受け答えするようにしていた。

番台に座るようになってから半年あまりが経って、ずいぶん慣れた。他の人にしてみれば、当たり前のことだが、鈴にとっては大きな進歩だった。

午後四時、天河村は日が傾きかけている。鈴が玄関に小豆色《あずきいろ》の暖簾《のれん》をかけると、待ちかねたように入浴客が詰めかけた。この時間から来るのは、たいてい朝の早い年寄りだ。

「いらっしゃいませ」

鈴は番台に座り彼らを迎える。

「こんばんは、鈴ちゃん」

入浴客たちも朗《ほが》らかに答えて、番台の前に置いてある古い賽銭箱《さいせんばこ》にチャリンと入湯料を入れていく。その後ろで誰もいないのにガラガラと戸が開いて、何かがふわふわと入ってくる。山から下りてきた野のあやかしだ。ここは人だけでなくこの地に住むもの皆が疲れを癒す場所なのだ。

「鈴ちゃん、こんばんは。よいしょっと、ああ、寒くなったねえ」

そう言って番台脇に置いてある丸い椅子に座ったのは、村の商店街にある豆腐屋の女将だ。彼女は風呂に入るだけではなく、いつもこうやって、鈴の隣に座り話をしていく。

「今日は寒いですね、雪が降らないといいけど」

「ああ、雪が降ると橋が滑って危ないからね。だけどうちの坊主は降ってほしいと毎朝大騒ぎだよ」

　彼女の話は、たいてい孫のことだった。店を切り盛りしている息子夫婦の代わりに毎日子守りをしていて、やんちゃで手を焼いているらしい。その攻防戦はいくら聞いていても飽きない。

「雪が降ったらかまくらを作りたいんだとさ。まだ降ってもないのにスコップを買ってくれって騒いじゃって」

　話をするといっても鈴はほとんど聞いているだけだ。

　以前ならこんなとき、何か気の利いたことを言わなくてはと居心地の悪い気持ちになっていた。でも今は逆に楽しみだった。

　彼女に『話を聞いてもらえるだけでいい』と言われたからだ。以来鈴は、無理に何かを言おうとはせずに、聞き役に徹している。

「……でさ、あのやんちゃ坊主。今日はあまり外へ行かなかったから、元気がありあまっちゃって、プロレスしようって言って、私に飛びかかってきたんだよ。年寄り相手に、まったくどういう躾をしてるんだか……って躾をしてるのは私か」

　女将の話に、鈴は思わずぷっと噴き出した。時々、商店街で見かける彼女の孫の元気いっぱいな様子が目に浮かぶようだった。

「プロレスはちょっと無理ですよね……！」

そのままくすくす笑っていると、女将がにっこりと笑った。

「鈴ちゃん、最近よく笑うようになったね。鈴ちゃんの笑顔を見るとなんだか心がぽかぽかするわ。明日はいい一日になりそうって気分になる」

「え？　……そうですか？　自分ではわからないですけど」

意外な言葉に鈴は首を傾げた。でもよく考えてみればそうかもしれない。

いぬがみ湯の女将を始めたころはとにかく緊張して笑うどころの話ではなかったが、今は顔見知りの常連も増えてリラックスして番台に座っている。

愛想笑いが苦手だといっても、鈴だって本当に心からおもしろいと思ったときや嬉しい気分になったら自然と笑顔になる。

「もし私がそうだとしたら、お客さんたちに優しく声をかけてもらえているからです。仕事にも少し慣れましたし」

「そうでしょうね。鈴ちゃんは昔から佳代さんと話すときはにこにこしていたし。でもそれだけかなぁ？」

豆腐屋の女将はそう言って、大袈裟に首を傾げた。

「え……？」

「白妙さまとのご結婚が決まったからじゃないの？」

「え？　ええ⁉　そ、それは関係ないと思います……」

思いがけない指摘に、鈴は面食らった。結婚と自分が笑うことがどう繋がるかまったくわからない。

「そんなことないわよ。婚約中って一番幸せな時期だもの、自然と笑顔が増えるものよ」

「そ、そうでしょうか……」

「それに、笑顔もだけど可愛くなったって評判よ」

「え！」

女将の言葉に、また鈴は目を丸くする。

女将がふふふと笑った。

「恋をすれば女は綺麗になるって言うじゃない？　そう思っているのは、私だけじゃないわよ。鈴ちゃんがこんなに可愛いなんて気がつかなかったって商店街の青年会の子たちが言ってるのを、私聞いたもの」

「それは聞き捨てならないね」

機嫌よく割って入ってきた声に、鈴は驚いて振り返る。いつの間にか白妙が鈴のすぐ後ろにいた。

「鈴は私のものだ。いくら可愛いと気がついてもお前たちの相手ではないよと村中に言って回る必要がありそうだな」

女将の冗談に乗っかって、そんなことを言う白妙に鈴は声をあげる。

「し、しろさま……！」

豆腐屋の女将が声をたてて笑った。

「あらあら、それは皆わかっておりますよ、白妙さま。鈴ちゃんは、白妙さまの大切な子ですから、手を出すような者はおりません。ふふふ」

「ならいいけれど。でも神は案外やきもち焼きなんだよ。鈴が可愛いのは間違いないが、他の男に注目されるのは複雑だ。なんといっても私の唯一無二の嫁なんだから」

「まあまあ、お熱いこと！　だけど、白妙さまが夢中になられるのは納得ですよ。鈴ちゃん本当にいい子だから……」

鈴そっちのけで話をするふたりに、鈴は真っ赤になってしまう。さらにその会話を、他の入浴客たちがにこにこして聞いているのも恥ずかしくてたまらなかった。

「鈴ちゃん、オレンジジュースをひとつくださいな」

身の置きどころがないような気になっていた鈴は、別の客から声をかけられてハッとする。

「は、はい百二十円です」

代金を受け取ろうとしてうまくいかず、小銭をこぼしてしまう。

「あ……！　すみません」

「いいよいいよ」

客は、床に落ちた小銭を拾い上げ鈴の手に乗せて、オレンジジュースを手に休憩処へ歩いていく。

「ふふふ、なんにせよ、白妙さまと鈴ちゃんが仲睦まじいと村の皆が安心しますよ。あーまだお風呂にも入っていないのに、のぼせそうだわ」

そう言って豆腐屋の女将は、よいしょと立ち上がり大浴場へ足を向ける。

「じゃあね、鈴ちゃん。白妙さま、失礼します」

「ごゆっくり」

豆腐屋の女将に声をかける鈴に、白妙が囁いた。

「鈴が可愛いことを皆に知られるのはいいけれど、ライバルが増えるのはいただけないな。昔は健太郎《けんたろう》くらいだったのに」

「あんなのおばさんの冗談ですよ」

鈴はフルフルと首を振った。

「冗談なんかじゃないよ、鈴。鈴の笑顔は、あやかしだけではなくて人の心も惹きつけるのだろう。番台に座っているときは仕方がないが、それ以外のときは気をつけるように。特に商店街に行くときは……」

「白妙さま‼　あー！　やっぱりここにいた！」

太郎が渡り廊下をこちらに向かってやってきた。

「目を離すとすぐに鈴さまにべったりするんだから。営業時間ですよ！」

小言を言いながら番台のところまで来て、白妙の袖を引っ張った。

「ほらタイル画へお戻りください」

白妙がため息をついた。

「うるさい番頭だ。主人に働くことを強要するしもべなど、古今東西探してもお前たちくらいだよ」

「これほどぐうたらな神さまも白妙さまくらいですよ」

そんなやり取りをしながらふたりは大浴場へ戻っていく。

鈴はホッと息をついた。

白妙と鈴が許嫁《いいなずけ》になったという話は村の皆が知っている。だから白妙も今みたいにすべてをオープンに口にするようになった。

鈴はそれが少し複雑だった。

彼と想いが通じ合ったことは幸せだけれど、そういうときにどうしたらいいかわからなくて困ってしまう。何せ鈴にとっては彼との恋が初恋で、超恋愛初心者なのだから。

仕事中にああいうふうに振る舞われると、ドキドキして業務に集中できなくなる。

さっき小銭を落としたみたいに、失敗してしまうのだ。

正直言って思いもよらない事態だった。

彼への想いを自覚してその気持ちを伝えるまで鈴は散々悩んだのだ。紆余曲折を経て、彼と想いが通じ合い結婚すると決まったときは、もうそういう思いには惑わされないと安心した。

これからはただ仕事に邁進《まいしん》すればいいだけなのだと思っていたのに……

これでは先が思いやられる。

『女将として一人前になったら結婚する』と約束して、それまで彼に待ってもらっているというのに、それはいつのことになるのやら。

そんなことを考えて、鈴はため息をついた。


「今年も一年お疲れさまー！」

野田律子《のだりつこ》が、元気に言ってビールのグラスを掲げる。

「お疲れさま」

「お疲れ！」

鈴と林《はやし》健太郎もそれぞれのグラスをカチンと合わせた。

「たっくんもお疲れさま」

鈴が律子の息子拓真《たくま》の飲んでいるパックのジュースにも軽くグラスを合わせると、拓真は嬉しそうにニコッとした。

十二月半ばを過ぎたこの日、いぬがみ湯の定休日に合わせて幼なじみ三人が律子の母親がやっている居酒屋『赤暖簾《あかのれん》』に集まった。座敷を借りての忘年会である。

座卓にはおでんや唐揚げ、湯豆腐など、律子の母親の心尽くしの料理が並んでいる。彼女は、カウンターの向こうで「鈴ちゃん、健ちゃんお疲れさま」と声をかけてくれた。

「今年はいろいろあったけど、終わってみればよかったよ。こうして鈴と飲めるんだから」

ビールを豪快に飲み干して、律子がニカッと笑った。

「鈴は？」

「私も、りっちゃんと仲直りできたのがすごく嬉しかった。どこにも就職できなくて村に帰ってきたときは、こんなふうになれるとは思わなかったから。他に仕事を見つけて早く出ていきたいと思ってたくらいだもん」

甘い桃の酎ハイをひと口飲んで鈴は素直な言葉を口にした。

「私もだよ、鈴！　離婚してひとりで生活できなくてさ、帰ってくるしかなかったときは惨めで仕方がなかったけど、今となっては帰ってきてよかった！　そう思えるのは鈴がいてくれたからだよ」

「りっちゃん……！」

「おいおい、ふたりとも俺を忘れてるな？　俺は初めから村にいるのに」

健太郎がビールのグラスを置いて言う。

その言葉に、鈴と律子は顔を見合わせて笑った。

学生時代は健太郎以外に親しい友人ができなかった鈴にとっては、友人との飲み会など初めての経験だ。参加したことはなくとも想像から苦手な場だと思っていたが、律子と健太郎となら安心なうえに楽しい。

「それで、鈴。どうなのよ、最近」

ほとんどの料理を食べ終えたころ、酔いが回り少し赤い顔になった律子が鈴に向かって問いかけた。

「最近って？」

「白妙さまとの関係よ！　うまくいってるの？　鈴は恋愛初心者だから心配だなぁ」

律子からの思いがけない質問に、鈴はゴホゴホとむせて桃サワーを座卓に置いた。

健太郎が嫌そうに律子を見る。

「律子、お前……俺の前で……」

彼は昔から鈴のことが好きだったのだ。

その想いを打ち明けられて、鈴が応えられないという出来事があってから数ヶ月が経つ。ふたりは完全に以前のような関係に戻ったとはいえ、彼の前で出す話題ではないのはたしかだった。

でも律子はどこ吹く風だ。がっくりと肩を落とす健太郎を見て、呆れたような声を出した。

「健太郎、まだ吹っ切れてないの？　案外情けないんだね。幼なじみに戻るって宣言したんでしょ？」

「そうだけど、……ったく、恋バナするなら俺を呼ぶなよな」

そう言う彼の腕を、拓真が引っ張っている。

「けん！　けん！」

お腹いっぱいになったから退屈になり、遊んでほしいのだろう。

「健太郎がいたら拓真と遊んでくれるから私、ゆっくり飲めるじゃん」

悪びれることなく律子は言う。

造園業を営む実家の会社で働いている健太郎は、仕事帰りによくこの赤暖簾《あかのれん》に飲みに来るため律子の息子拓真は、すっかり彼に懐いているのだ。三人でいぬがみ湯に来ることもよくある。

「子守り要員かよ。まぁいいや。拓真、男は男同士で楽しもう」

健太郎はため息をついて立ち上がり、慣れた様子で拓真を抱いて店を出て行く。カウンターの中から律子の母親が「いつも悪いね、けんちゃん」と声をかけた。

その様子に不謹慎だと思いながらも、鈴はおかしくて笑ってしまう。健太郎と律子は喧嘩をしつつも仲よしで、小学生のころもこんなやり取りをしていた。

「たっくん、嬉しそうだね」

「すっかり健太郎に懐いてるよ」

くすくす笑っていると、律子がからかうようなことを言ってくる。

「鈴、よく笑うようになったよね。可愛くなったって評判だよ」

「ええ⁉」

律子の言葉に、鈴は笑うのをやめて目を丸くした。

「評判って、そんなことないよ」

「そんなことないことないよ。『サンマート』のお客さんが言ってたもん」

サンマートは赤暖簾《あかのれん》の向かいにあるコンビニだ。彼女はそこでパートとして働いている。

「白妙さまのお嫁さんになるのがちょっと惜しいってさ。今ごろ気がついても遅いよねえ。ふふふ、最近いぬがみ湯に若い男の客が増えてるんじゃない？」

「そ、そんなのわかんないよ」

鈴が首を振ると、律子は座卓に頬杖をついてにやにやした。

「四六時中、白妙さまのことを考えてるから、他の男なんか目に入らないか」

「もう……」

律子があははと笑った。

「まぁ、困ったことがあったらさ、私に相談してよ。鈴と私は同い年だけど、恋愛に関しては先輩だからさ」

胸を張る律子の言葉に、カウンターの向こうから母親が口を挟んだ。

「先輩って、失敗したくせにねぇ」

「ま、そうだけど。でもそれを言うならお母さんもじゃん」

律子が肩をすくめて舌を出した。

彼女の母親も、律子が小さいころに夫と別れて女手ひとつで律子を育てた。

「親子して男運がないなんて、似てほしくないところが似るもんだねぇ」

「そうか、私の男運のなさはお母さんに似たんだね。なら私の離婚はお母さんのせいだ」

ぽんぽんと言い合う母娘のやり取りに鈴はくすくす笑った。

「だけど、たっくんを授かったんだもん。運がなかったとは言えないいんじゃないかな」

一歳の拓真は、今やいぬがみ湯どころか村の人気者だ。商店街を少し歩くだけで、小さな手には持ちきれないくらいおやつやジュースをもらうという。鈴も彼のファンのひとりだ。いぬがみ湯に来てくれるのを毎日心待ちにしている。

律子の母親がにっこりと笑った。

「あらぁ、鈴ちゃんいいこと言うねぇ。そうなんだよ、私もひとりになったときはどうしようかと思ったけど、律子がいたから立ち直れた。今や孫まで見られるんだもの幸せな人生だよ」

律子のほうも両腕を広げて鈴に抱きついた。

「鈴～！　やっぱり鈴は、いい子だよ。鈴は幸せになってね？」

「あはは、りっちゃん、酔ってるね」

「酔ってるよ。でも本心だよー！　相手は神さまだから、元旦那みたいに、浮気なんてことはないだろうけど、鈴は真面目だし初心者だから戸惑うことばっかりだと思う！　私がしっかりサポートするからね」

「ありがとう」

言いながら、鈴の頭にあることが浮かぶ。

普段なら、こんなこと、恥ずかしくて相談できない。でも今は鈴も少し酔っ払っていて、大胆になっている。聞いてみようか、という気持ちになる。

「ねえ、りっちゃん」

「ん?」

「その……。す、好きな人と一緒にいるとドキドキするじゃない? それをさ、それを止めるにはどうしたらいいのかな?」

律子が、きょとんとして首を傾げた。

「え? ドキドキを止める?」

「うん……」

鈴は頷いてからきちんと説明することにした。

「私、白妙さまとほとんどの時間一緒にいるじゃない? 仕事中も」

「うん。白妙さま、鈴にべったりだよね」

「嫌ってわけじゃないけど、困ってしまうんだよね。その……白妙さまが近くにいるとドキドキして、仕事に集中できないの。失敗ばかりしちゃって……。私、早く女将として一人前になりたいのに」

それなりに恋愛経験のある彼女なら、好きな人が近くにいても冷静でいられる方法を知っているのでは?と、鈴は思う。だから相談したのだけれど……

律子はぷっと噴き出して、ケラケラと笑い出した。

「さすが鈴……! 真面目だね」

「りっちゃん、私は真剣に……」

「わかってるよ、鈴。だけど残念ながらそんな方法はない。ドキドキが止められないから恋なんだ」

「そんなぁ」

「付き合いたては仕方がないよ。お互いに慣れるまではさ」

そう言って律子は笑い続けている。その言葉に鈴は引っかかりを覚えた。

「お互いに……」

つぶやいて考えこむと、律子が首を傾げた。

「鈴？　どうかした？」

「でも、りっちゃん。白妙さまは私みたいにドキドキしていないように見える。余裕っていうか……」

彼は入浴客がいるいないにかかわらず、平然と鈴に触れたり、愛情表現たっぷりの言葉を口にしたりする。そのたびに挙動不審になってしまう鈴とは雲泥の差だ。

だからこそ鈴は困ってしまうのだ。

律子も笑いを引っこめて、うーんと天井に視線を送った。彼女は毎日、拓真を連れていぬがみ湯に来る。その際白妙が番台にいることも多いから、そのときのことを思い出しているのだろう。

「たしかに……。白妙さまのほうは鈴にべったりだけど、ある意味通常運転って感じだね。まぁ、白妙さまは神さまだし。ああ見えてずいぶん年上でしょ？　だから余裕なんじゃない？」

「余裕……。そっか、そうだよね」

鈴は桃サワーを口に含みながら、胸の中がもやもやするのを感じていた。

カランコロンと下駄の音を響かせて、白妙と鈴は手を繋ぎ商店街をいぬがみ湯に向かって歩いている。猫又のあやかし『ちゃちゃ』が、寄り添うようについてきていた。

忘年会がそろそろお開きというころになって、赤暖簾《あかのれん》に白妙が姿を現した。

『夜道は危ないからね。いぬがみ湯まで一緒に帰ろう』

夜道は危ないと彼は言うが、帰り道は健太郎も同じ方向だ。

だが白妙にチラリと見られた健太郎は、『お、俺はもう少ししてから帰るよ……』と言って赤暖簾《あかのれん》に残った。

そしてふたり手を繋いで歩いているというわけだ。

いつ誰に見られるともわからない状況で、彼と手を繋いでいることが、鈴は恥ずかしくてたまらない。まわりが気になって仕方がなかった。一方で白妙は、まったくいつもと変わりなく平然としている。

「今までは、鈴が危ない目に遭わないか心配でも、ちゃちゃに見守らせるしかなかったが、もう隠す必要はない。こうして堂々と一緒にいられるのはいいものだね」

白妙が機嫌よく言った。小さいころから村のどこを歩いていても、鈴のそばにはたいていちゃちゃがいた。短大に進学し都会でひとり暮らしをしていたときですら、鈴が知らなかっただけでちゃちゃが近くにいたという。そうしてずっと見守られてきたのだ。

「あら白妙さま、鈴ちゃんこんばんは」

道ゆく人から声がかかる。

どきりとして、鈴は繋いだ手を離そうとするけれど、白妙にギュッと握られてしまい叶わなかった。

小さな声で「こんばんは」と言ってうつむいた。

「お散歩ですか？　寒いのに」

「いや、赤暖簾《あかのれん》からの帰りだよ。鈴を迎えに行ったんだ。今日は鈴が忘年会とやらをしていてね」

白妙が答えると、彼女はにこにことした。

「あらあら、ふふふ、鈴ちゃんいいわねえ」

「はい……」

暗がりでよかったと鈴は思う。でなければ真っ赤になってしまっているのがバレて、もっと恥ずかしい思いをしただろう。

チラリと白妙を盗み見ると、彼は相変わらず平然としていた。

「それじゃあ、また明日」

「はい、お待ちしております」

ふたりはまた歩き出す。

静かな夜の村を歩きながら、鈴は複雑な気持ちになっていた。さっきの律子との会話が頭に浮かんだからだ。

手を繋いで歩いているというだけで、自分はこんなにもドキドキする。

それなのに、どうして彼はいつも通りでいられるのだろう?

想いが通じ合ったとはいえ、ふたりは別々の人格なのだから、まったく同じ気持ちでないのは当たり前だ。ましてや神と人ならば、感じ方は違うだろう。

でも今自分が感じている胸の高鳴りを彼は感じていないということが、なんだかとても寂しかった。

しばらくするとざあざあという清流の音が聞こえてくる。川の向こうが、いぬがみ湯だ。

赤い橋の手すりになにかがへばりついているのに気がついて、鈴は足を止める。つられて白妙も立ち止まった。

「どうかした？　鈴」

「何かが手すりに……」

泥がべったりとついているように見えるが、それにしても変な場所だ。手すりに近づいて鈴はつぶやいた。

「……蛙？」

黒い変な模様の蛙がへばりついている。身体が乾きかけているから、もう生きていないようにも思えた。

白妙が声をあげた。

「蛇沢じゃないか」

「え？　蛇沢……さんって、蛇沢喜一……さん？」

夏の終わりに、蛇のあやかし『くちなわ一族』が、白妙を天河村から追い出して地主神に成り代わろうとするという出来事があった。その際に、いぬがみ湯を買収すると言ってやってきたのが、蛇沢喜一だった。

彼は白妙の怒りを買い、蛙の姿にされて一族のもとへ帰されたはずだったが……

「亡くなってるんでしょうか？」

眉を寄せて鈴が言うと、白妙が首を横に振った。

「いや、死んではいないよ。ただ蛙の身体では寒くて動けないのだろう。仮死状態だな」

たしかに、普通の蛙は冬眠する。こんなところにいたら動けなくて当然だ。

「だが、このままでは時間の問題だろうが……」

その言葉に、鈴は慌てて蛙を手に乗せた。いい思いのない相手だが、こんなところで死なれては困る。

「どうしたらいいですか？　しろさま」

「放っておきたいところだが。まあ、ここで死なれては寝覚めが悪い。温泉の湯に浸ければ目を覚ますだろう」

ふたりは急いでいぬがみ湯に戻り大浴場へ向かう。脱衣所で、桶に湯を張った中へそっと浮かべる。ふたりして床に座り覗きこんでいると、蛙が目を開いた。眩しそうに目をパチパチとさせて、キョロキョロとまわりを見回す。

「ここは？」

「ああ、よかった」

鈴はホッと息をついた。

「橋の手すりにくっついていたんだよ。まったく、何をやっているんだか」

白妙が説明すると、蛇沢はハッとした。

「し、白妙さま。ここは、いぬがみ湯？　ああよかった！　たどり着けたんですね。いぬがみ湯を目指していたんです」

「どうしていぬがみ湯を目指すんだ。せっかく私が一族のところへ帰してやったのに」

白妙が嫌そうに尋ねると蛇沢がしょんぼりとした。

「このような姿になった私は、一族にとっては用済みです。追い出されました」

「それで？　術を解いてもらうために私に会いにきたのか？」

「と、とんでもございませんっ！　そのようなつもりは……。あのようなことをしでかした私が許していただけるわけがありませんから。私は諦めて各地を放浪しておりました。ですが秋が深まるにつれ寒くて寒くて身体が動かなくなってまいりまして……」

白妙が呆れたような声を出した。

「蛙なんだから当たり前だろう。冬眠すればよかったんだ。もとは蛇のくせに。蛇も冬眠するじゃないか」

「くちなわ一族ほどの力を持ったあやかしは冬眠しなくとも平気なのでございます。ですが今の私はあやかしの中でももっとも力のない存在……さりとて冬眠の仕方もよくわからず。今や私はただの蛙よりも情けない存在。とほほ」

蛇沢はがっくりと肩を落としている。なんだか気の毒になるくらいだった。

「もはやこれまでと思っていたところ、通りすがりのあやかしから、天河山の温泉に浸かればほかほかして身体が動くようになるだろうと聞いたのでございます」

だからここを目指していたというわけだ。

天河山から湧き出る温泉は、村の人たちだけでなく、山に住む野のあやかしたちにとっても恵みの湯だ。だけど遠いところにいる通りすがりのあやかしまでそんなことを言うなんて。

「すごい！　しろさまの恵みの湯は、有名なんですね」

なんだか嬉しくて鈴は声をあげる。にっこりと笑う鈴の頬に白妙が手を当てた。

「鈴のおかげだ。鈴が皆をもてなしてくれるからだよ。そもそも、あやかしたちは入湯料を払わない。無銭入湯だというのに、温かく迎えてくれるじゃないか」

満月色の瞳に見つめられて、鈴の頬が熱くなる。恥ずかしくなって目を伏せると、視線の先で蛇沢が桶の湯にぷかぷか浮かびながら、うっとりとこちらを見ていた。

「……蛇沢さん？」

問いかけると、蛇沢はハッとして夢から覚めたように瞬きをした。

「あ……いえ、その……な、なんでもございません」

湯にのぼせたように蛇沢の顔は真っ赤である。

白妙が舌打ちをして、彼の足を摘《つま》んで持ち上げた。

「さては鈴の笑顔にやられたな。鈴は私の許嫁《いいなずけ》だ。お前なんぞに手が届く相手ではない」

「え⁉　そ、それはもちろんわかっております。はい……」

「身体が動くようになったんなら、さっさとここから出ていけ。山にいるくらいなら、許してやる」

彼はそう言って立ち上がり、脱衣所を横切り窓を開ける。すぐにでも放り投げそうな勢いである。

蛇沢があわあわと言った。

「お待ちください、白妙さま……！　ど、どうか私をここで働かせてくださいませ」

「……働く？」

意外な言葉に、白妙は一旦窓を閉めて戻ってくる。床に置かれた蛇沢はぺこぺこと頭を下げた。

「ここ数ヶ月、各地を放浪しましたが、ただ山でぼんやりしているだけというのはどうも性に合わないのです。私はずっとくちなわリゾート開発の副社長として働き詰めでしたから。いぬがみ湯の従業員として雇っていただけるなら、観光業の真髄と、おもてなしの心を鈴さまにお伝えするとお約束いたします。何せ鈴さまは、私の命の恩人でございますから」

「信用できないね」

白妙はにべもなく答えた。

「お前、自分が鈴に何をしたか忘れたのか？　あんなことをした者を鈴のそばに置くなど私が許すわけがないだろう」

「おっしゃる通りにございます。白妙さまがそのように考えるのは当然のこと。ですが、今一度だけチャンスをください。私、一族を追い出され、すべてを失い、ようやく目が覚めたのでございます。私などが神さまに成り代わるなど分不相応な望みだったと。今後は蛇沢の名は捨てて蛙沢《かえるさわ》と名を変え、白妙さまと鈴さまに忠誠を誓います」

「蛙沢〜？」

そんなふたりのやり取りを聞きながら、鈴は蛇沢の言葉のある部分に惹かれていた。蛇沢が副社長をしていたくちなわリゾート開発は、人間の世界でも広く知られている国内屈指の大会社だ。そのような人材がいぬがみ湯にいてくれるなら、女将としては心強い。

祖母から女将業を引き継いで半年弱、銭湯のほうはだいぶ慣れたが、宿のほうはまだまだ不安がいっぱいだからだ。

何せまだ宿泊客は二組しか迎えていないし、それだって失敗だらけだった。

もちろん祖母は前女将として相談に乗ってくれる。けれど今は現場に立てないし、何もかもを教わることはできないのだ。

何より、彼女自身、神さまを迎えるということに関しては試行錯誤だったようで、『鈴は鈴の思う通りにやってごらん』と言われることも多かった。

これからは鈴は自分の力で、一人前になる道を模索しなければならないのだ。

おもてなしのプロであり、神のしもべでもあった蛇沢が、従業員としていてくれるなら心強いことには違いない。

問題は白妙の言うように、彼を信用できるのか？ということだが……

「……本当に、悪いことはしませんか？」

鈴が問いかけると、蛇沢が目を輝かせた。

「誓います！」

次に白妙を見る。彼はぽりぽりと頭をかいて口を開いた。

「まぁ、悪いことをしようと思ったとしても、たいしたことはできないよ。何せ蛙だし。私の術にかかっているから、私には逆らえない。せいぜいぴょんぴょん飛び跳ねるくらいだ」

「しろさま、それなら私、ここで働いていただきたいです。おもてなしの心を教えていただきたいです。私、早く一人前の女将になりたいんです」

いぬがみ湯の女将は鈴だが、ここは白妙を祀る場所。彼の許しなく勝手に蛇沢を雇うことはできない。

「……仕方がないね」

白妙がため息をついた。

「おい、蛇……いや蛙沢」

「はい！」

「鈴が望むなら私は否とは言えない。鈴に救ってもらったと思い、しっかり励め」

蛙沢がシャキッとして頭を下げた。

「ありがとうございます」

こうして、いぬがみ湯に新しい従業員が加わった。


蛙沢は次の日からいぬがみ湯で働き始めた。

山でぼんやりしているのは性に合わないと言っていた通り、さっそく自分にできることを見つけるため、いぬがみ湯をぴょんぴょん跳ねて見て回った。

「ふむふむ、掃除が行き渡り居心地よく保たれておりますね。ですが、ここのあやかしたちは、おもてなしの精神が足りません。お客さまがいらしても知らんぷりではありませんか。お客さまはもっと愛想よくお出迎えしなければ！」

たしかにここのあやかしたちに、そのような意識はない。客を迎えるというよりは、ただ楽しく掃除をしているだけなのだから……

「でも蛙沢さん、ここのあやかしたちは掃除をしたりお客さまの身体を揉んでくれたりしていて、私はそれでいいと思っていて……。それぞれ得意なことは違うわけですから」

「ならば接客、営業が、私の仕事でございますね！」

蛙沢は嬉しそうにそう言って、毎日いぬがみ湯の玄関で客たちを迎えるようになった。

「いらっしゃいませ！　いらっしゃいませ！　どうぞごゆるりとお過ごしください。ささ、お履き物はこちらへ」

今日も日が落ちたいぬがみ湯で、蛙沢が客を出迎えている。

彼がこうするようになってしばらく経つ。初めは変な蛙だなというように見ていた客たちも次第に慣れて、気軽に声をかけるようになった。

「蛙沢さん、タオルの貸し出しを頼めるかい？」

「かしこまりました。どうぞどうぞ」

その様子を見ながら、番台の隣で酒屋の主人が笑った。

「村を乗っ取ろうとしたあの蛇だっていう話だから、初めは信用できなかったけれど大丈夫そうだね。今やすっかり慣れたよ」

「皆さまに受け入れてもらえてよかったです。私も何かと助かっています」

さすがは元リゾート会社の副社長。鈴が気がつかなかったような細々としたところにまで気がつく。タオルの貸し出しサービスをしようと言い出したのも彼だった。

鈴も彼と一緒に働くことに慣れたが、ひとつだけ慣れないことがある。

それは……

「お嫁さま、この時間は少しお客さまが落ち着きます。今のうちに少し休憩されてはいかがですか？　代わりに私が番台に座ります」

ぴょんぴょんと番台のそばにやってきてそう言う蛙沢に、鈴は眉尻を下げた。

「蛙沢さん、何度もお願いしてますけど、その『お嫁さま』というのは……」

彼が鈴のことを『お嫁さま』と呼ぶのだ。まだ白妙と結婚したわけではないのに、そう呼ばれるのはどうにも居心地が悪かった。そのたびに鈴はこうしてお願いするのだが、蛙沢は意に介さない。

「くちなわ一族では主人の妻は、このように呼んでおりました」

「でも私、まだお嫁さんじゃありませんし。できればたろちゃんじろちゃんみたいに名前で呼んでください」

するとく蛙沢はギョッとして首をぶんぶんと横に振った。

「そんな……！　とんでもございません。お嫁さまを名前で呼んだりしたら、私は白妙さまに山に放り投げられてしまいます。どうか私のためと思い慣れてくださいませ」

「だけど……」

「それにお嫁さまになられるのも時間の問題なのでしょう？　お嫁さまは二十歳になられたと聞きました。私は、十八の年にはじめての妻を迎えましたから」

その言葉を聞いて鈴は彼が妻帯者だったことを思い出した。

そういえば妻とはどうなったのだろうか？

「蛙沢さん、奥さんとはどうされたんですか？」

問いかけてから、しまったと鈴は思う。少し不躾な質問だったかもしれない。

でも蛙沢は特に気にしていないようで、ケロッとして口を開いた。

「別れましたよ。蛙と蛇では夫婦としてやっていけませんから」

「そうなんですか。それは……寂しいですね」

「いいえ、別に。妻といってもたくさんおりましたし、名前も覚えていない者もいたくらいです。そもそも、皆政略結婚です。互いに愛情があったわけじゃありません」

そこまで言って、情けなさそうに肩を落とした。

「どの妻も、私を愛しているわけではなく、くちなわ一族の御曹司だったから、集まってきていただけ……ということに、蛙になってから気がつきました。私が蛙になって一族のところへ帰った際、誰ひとり私を助けてくれようとはしませんでしたから。中には食べようとした者まで……！」

そのときのことを思い出したのか、蛙沢は青ざめてぶるりと身を震わせた。

「ま、お互いさまではありますが。私が妻たちを侍らせていたのは、白妙さまと張り合っていただけですし」

「え？　白妙さまと？」

白妙の名前が出てきたことに、鈴が驚いて聞き返すと蛙沢が頷いた。

「はい。くちなわ一族はずっと白妙さまの座を狙っていたのです。白妙さまは、神さま方の中で一番のんびりとしているように見えますから。私は後継ぎとして、父上から白妙さまを超えるようにと、いつも口うるさく言われておりました。常に白妙さまを意識していたわけです」

その言葉に、鈴は彼が天河村を乗っ取ろうとしたときのことを思い出す。やたらと妬ましそうにしていたのは、そういった因縁があったからなのだ。

「白妙さまはあの通り飄々としていて掴みどころのない方です。特に何もしていないのに村人たちから尊敬されています。そして何より女にモテる！　昔から美しい女神さま方に引っ張りだこでした。これが私は悔しくて悔しくて……」

　話をしているうちに当時の気持ちを思い出したのか、蛙沢は悔しそうに足をペタンペタンとした。

「私だってくちなわ一族の御曹司、仕事ができるハイスペック男子でスーツもビシッと決めていたというのに、いったい何が違ったのでしょう？　やはり見た目がすべてなのでしょうか？」

　鬼気迫る様子で尋ねられ、鈴はたじたじになって首を傾げた。

「ど……どうでしょう？」

「だから私は、白妙さまが女性と付き合ったと聞くたびに嫁を娶りました。同じ数の女性を妻にしたわけです……」

「同じ数の？」

　鈴はつぶやいて目を見開いた。そして、蛙沢に八十八番目の妻にしてやると言われたことを思い出す。と、いうことは。

「蛙沢さんってたしか、八十七人の奥さんが……」

「お喋りばかりして働かない従業員はいらないな」

　不機嫌な声に遮られて鈴は口を閉じる。いつの間にか白妙が番台に座る鈴の後ろにいた。蛙沢を摘み上げ、じろりと睨んだ。

「今度は、喋れないよう、ミミズにしてやろうか？」

「し、白妙さま！　も、申し訳ありません。つい……！」

蛙沢があわあわ言う。

白妙が宙に放り投げると、蛙沢はくるりと一回転して器用に床に着地する。

「わ、私、大浴場の見回りに行ってまいります～!!」

ぴょんぴょん跳ねて、逃げていった。

「ったく。余計なことばかり口にする蛙だ。油断も隙もない」

そう言って腕を組み、白妙は廊下を睨む。

その綺麗な横顔を見つめながら、鈴は以前耳にして一度は頭の隅に追いやった、ある話を思い出す。橋姫《はしひめ》から聞いた白妙の過去についてだ。

彼は、女神さまたちにモテモテで、かつてはたくさんの者たちと付き合っていたという。

もちろん過去のことだから、鈴にとやかく言う権利はないし、文句があるわけではない。

だけどここのところ寂しく思っていたことの原因が、そこにある。そう思い当たったのだ。

……好きな人と想いが通じ合ったばかりの胸の高鳴りを、鈴だけが感じている。

鈴のほうは彼がそばにいるだけで、挙動不審になってしまう。それなのに彼はまったくいつも通り。

どうして平然としていられるのだろうと不思議に思っていたのだが、その答えはふたりの間にある恋愛経験の差だったのだ。

かつてたくさんの女神たちと付き合ってきた彼は、鈴と恋人同士になれたからといって今さらドキドキしたりしない。だから余裕でいられるというわけだ。

鈴の胸に、灰色のもやもやが広がっていく。

答えがわかってよかったじゃないか、これ以上考えても仕方がないこと。そう自分自身に言い聞かせても止めることができなかった。

「蛙沢がお喋りばかりして仕事の邪魔になるなら、いつでも私に言うのだよ。すぐに追い払ってやる」

優しく自分を見つめる白妙は、完璧なくらいカッコいい。切れ長の満月色の目と、輝く銀髪。真っ白な身体と大きな尻尾の狼姿は気高く美しい。女神さまたちが彼に惹かれるのも当然だ。

「鈴？　どうかした？」

問いかけられて、鈴はハッとして目を伏せた。

「なんでもありません。大丈夫です。私、休憩に入りますから、たろちゃんを呼んできますね」

答えて彼の視線から逃れるように立ち上がる。

彼との関係に、急速に自信を失っていくのを感じていた。

第二章　プリンス降臨

いぬがみ湯に新年初めての予約が入ったのは、一月の終わりのこと。初めて迎える神さまで、予約を取ってきたのは、なんと蛙沢だった。

いぬがみ湯が十二月中一度も神さまを迎えなかったことに、彼はひとり危機感をつのらせていたのだ。

『天河村はお泊まりになられる神さま方のご利益で活気を保っているのではないのですか？　もっとたくさんの神さまにお越しいただき、もっとご利益をいただかなくては！』

『だけど小さな村ですし、ご利益も今のままで十分だから、来られる方を心をこめておもてなしすればいいって、僕ら佳代さまに言われていました』

次郎の言葉にも耳を貸さなかった。

『いぬがみ湯といえば神さまの中では、マイナー……いえ、知る人ぞ知るお宿ですが、これからはもっと宣伝活動に力を入れて、たくさんの方にお越しいただきましょう！お嫁さま、しばし宿を離れるお許しをくださいませ。以前の私の人脈を活かし、営業してまいります』

『もちろんそれは大丈夫ですが』

やる気満々の蛙沢に、鈴が戸惑いながら答えると、彼は意気揚々と出て行った。

『妙なことにならないといいですが』

その背中を見送りながら、太郎がつぶやいた。

数日後、戻ってきた蛙沢は、新年早々の予約を獲得して来たのである。

その神さまを迎える日の朝、早起きして客室の掃除を済ませた鈴と太郎に次郎、町長の佐藤《さとう》と蛙沢は、玄関にて件《くだん》の神さまが到着するのを待っていた。

佐藤は、町長として、神さまが泊まりにくる際は、初日に挨拶する決まりになっている。

「いや〜、それにしてもお手柄だよ蛙沢くん！」

佐藤は上機嫌だった。

「日本武尊《やまとたけるのみこと》の予約を取りつけるなんて、さすがは元くちなわリゾートの副社長！いぬがみ湯にいい人材が入って村は安泰だな」

蛙沢が嬉しそうに答えた。

「日本武尊は言わずと知れた日本《にほん》を代表する神さまでございます。大変お力があり、あらゆるご利益を授けてくださる方。ですがそれだけではありません。神さま界のプリンスと呼ばれていらっしゃいますから、いぬがみ湯を商売繁盛に導いてくださるでしょう」

「神さま界のプリンス？」

聞き慣れないワードに鈴は首を傾げた。

「それと商売繁盛がどう関係あるのですか？」

太郎が蛙沢に問いかけると、蛙沢は得意そうに胸を張った。

「神さま界のインフルエンサー的存在でいらっしゃるのです。いぬがみ湯を気に入ってくだされば、いぬがみ湯の評判を他の神さま方に広めてくださるでしょう。そうすれば宿は繁盛、天河村は繁栄を極めます！」

佐藤がうんうんと頷いた。

「健康のご利益を授けてくださる神さまがたくさんいらっしゃれば、佳代さんもすぐに元気になるだろう。そしたら退院が早まって……。んふふ」

独身の彼は若いころからずっと祖母のことが好きだったのだ。祖母が倒れたのをきっかけに、ふたりは急接近し、退院したら一緒に住むことになっている。

太郎が鈴に囁いた。

「町長さんは、村のことを考えていらっしゃるのはたしかですが、ちょくちょく個人的なお願いをされますよね」

次郎がそれに同意した。

「職権濫用ってやつですね。とはいえ、鈴さま、僕らも佳代さまには元気になってほしいですから、頑張っておもてなししましょう！」

その言葉に鈴は頷いたが、少し不安だった。

初めてお迎えする神さまだからだ。女将の仕事をする際に頼りにしている祖母の書き置きにも記載がないので、食べ物の好みも、どういう人物かもわからない。

短大で日本文学を専攻した鈴にとって、日本武尊は馴染みのある神さまだが、文献にある人物像と同じだとは限らない。これまで数人の神さまをお迎えした経験のある鈴はそう思っている。

とはいえ、しっかりやらなくてはと気を引き締めたそのとき、いぬがみ湯の前庭に、眩い光がどどーんと落ちた。目を閉じて次に開いたときには、それまでいなかった人物がそこにいた。

「ああ、ようこそお越しくださいました！　武尊さま」

蛙沢がにこやかに声をあげ、その人物にぴょんぴょんと歩み寄る。

でも鈴は咄嗟に動くことができなかった。現れた人物の見た目が予想外すぎたからである。

目の前にいる三十代くらいの男性は、目鼻立ちのはっきりとしたイケメンで、明るい色の髪には緩くパーマがかかっている。デニムのボトムスに白いロングTシャツ、ダウンジャケットを羽織っていた。

およそ鈴が想像していた日本武尊の姿からはかけ離れている。

しかも彼は、小学一年生くらいの子どもをふたり連れていた。

子どもたちは、ふたりとも朝服《ちょうふく》と呼ばれる奈良《なら》時代の衣装を着ている。

ひとりは女の子で赤い服。高い位置でまとめた黒い髪から二つ編みの輪っかが下がっていて金色の飾りがちょこんと乗っている。ぱっちりとした目にふっくらとした頬のとても可愛らしい子だ。でも仏頂面だった。

もうひとりは男の子で、こちらは緑色の朝服《ちょうふく》を着ている。こちらも可愛らしい顔立ちだが、武尊のダウンジャケットの裾を握って、不安そうにしていた。

やや戸惑った表情で、佐藤が口を開く。

「日本武尊さま、私、佐藤と申します。この天河村の町長をしております。どうぞお見知りおきを。日本武尊さまをお迎えできること心よりお喜び申し上げます。して、こちらのお子さま方は……？」

武尊が女の子を指差した。

「俺の子だ、こっちが日仔《ひのこ》」

次に男の子のほうを見た。

「で、こっちが稔《みのる》。双子だ。母親が……ちょっと不在にしてるから連れてきたんだよ」

「さようでございますか。これはこれはありがとうございます」

にこやかに答えて佐藤は鈴をチラリと見る。

予定外の出来事に、鈴が対応できそうかの確認だ。何せ予約は彼ひとりと聞いていた。

驚きはしたが、今さら子どもたちは受け入れないというわけにいかない。それに親子なら同室でいいのだから問題ない。小さく頷くと、佐藤はホッと息をついた。

「それにしても、想像以上に田舎だなぁ。いいところだって蛙沢が言うから来てやったけど、退屈なのは勘弁だぜ」

武尊が、庭から見える天河村といぬがみ湯の建物を見回してぼやいた。

「ここクラブとかあんの？」

佐藤に向かって問いかけた。彼は面食らったように瞬きをしている。

「クラブ……にございますか。陸上部なら天河中学校で活動しております。それから毎日、公民館で年寄りが集まって囲碁を……」

おそらく武尊が言っているのはそういう意味のクラブではない。鈴は慌てて口を開いた。

「申し訳ありませんが、村にはありません」

　武尊が鈴を見て不満そうにする。

「えー、なんだよ。じゃあBARは？」

「BARもちょっと……。お酒を出すお店なら、駅前に赤暖簾《あかのれん》がございます。地元の食材を使った家庭料理が村人たちに人気です。よろしければ宿のお部屋にお持ちすることもできますよ」

　鈴の言葉に、武尊がため息をついた。

「地元の食材、家庭料理……。そういうのはもういいんだよ。この国のご馳走も酒も俺は嫌というほど食べてきたんだから」

　そして蛙沢を睨んだ。

「おい、蛙沢！　ここへ来れば子守りはしなくていいし、自由に遊べるって言うから来てやったのに。肝心の遊ぶところがないなら意味ねえじゃねえか！」

　乱暴な物言いに鈴はドキッとしてしまう。

　さらに言うと、彼が口にした内容も初耳だった。何せ彼が子どもを連れてくることすら、知らなかったのだから。

　蛙沢がぺこぺこした。

「申し訳ございません、武尊さま。この村に遊ぶところはございませんが、隣に高倉《たかくら》という少し大きな町がございまして。そこには、外国の酒を出す店がございます。キャバクラという女神のように美しい女子がおもてなしする店もありますゆえ」

「キャバクラか。ならまぁ……」

武尊は一応納得した。

その様子に、鈴は急に不安になる。

いぬがみ湯は、普段、人の願いを叶えるのに忙しい神さまたちにゆるりと過ごしていただくための場所だから、のどかな景色といい湯が売りの宿なのだ。刺激を求めて来たと言われたら、どうおもてなししていいのかわからない。

とはいえ、まずは女将としてやるべきことをする。

「武尊さま、申し遅れました。私、女将の大江鈴と申します。ゆるりとお過ごしいただけるよう精一杯努めさせていただきます」

武尊が鈴を見て「ふうん」と言った。

「女将はなかなか悪くないね。てか、こんな田舎の宿の女将にしては可愛いじゃん。鈴ちゃんね」

そう言ってすぐそばへやってくる。

近くでじろじろ見られて、鈴は居心地の悪い気持ちになる。彼が客じゃなかったら、逃げ出したいくらいだった。

彼の見た目も態度も話し方も、人間ならば鈴がもっとも苦手とするタイプだからだ。

目を伏せる鈴を、武尊が覗きこみ、ニッと笑う。

「うん、やっぱり可愛い。高倉へは君が案内してよ。お礼に美味しいものをご馳走するよ。なんならそのまま……」

「そういうサービスはやっていない」

声とともにびゅっと強い風が吹く。次の瞬間、武尊から鈴をかばうように白妙が立っていた。

「しろさま」

鈴はホッと息をついた。

「鈴に近づくな」

低い声を出して白妙が武尊を睨みつける。

武尊が目を見開いた。

「おっ！　白妙じゃん。そういえばここはお前の縄張りだったっけ。何？　お前も、俺をもてなしてくれるの？」

その言葉に、鈴はギョッとする。

白妙は天河村の地主神だ。他の神さまをいぬがみ湯に招くことを許していただいてはいるが、その間も失礼のないようにしなくてはならない。彼自身が他の神をもてなすなんてとんでもない話だった。

「武尊さま、おもてなしは私たちがさせていただきます！」

慌てて口を挟むと、武尊が胡散臭そうに白妙を見た。

「ならなんで出てきたんだ？」

「念のためだ。蛙沢が朝からやたらとタイル画で寝てろと言うからあやしいと思ったんだ。何か企んでると思って出てきたら、案の定……」

白妙がじろりと蛙沢を睨む。

「いえ、あの、その……」

蛙沢がしどろもどろになって、佐藤の陰に隠れた。

「おふたりは、お知り合いなんですか？」

白妙と武尊に鈴は尋ねる。どう考えても初対面ではなさそうだし、あまり関係がよくなさそうに見えるが……

鈴からの問いかけに答えたのは武尊だった。

「知り合いっていうか、顔見知り。神としては俺のほうが狼なんかより比べものにならないくらい格上だし、こいつは田舎に引きこもってる奴だから、眼中にない」

『顔見知り』『眼中にない』と言いながら、どこか意識しているような口ぶりだ。

「これは何かありそうですね」

太郎が鈴に囁いた。

白妙のほうは、本当に彼に興味がなさそうに肩をすくめる。

「まぁ、その通りだ。関わらないでくれればそれでいい。もちろん鈴にもだ。絶対に触るなよ」

武尊が眉を上げた。

「触るなって……へえ、鈴ちゃんってお前のなんなの？」

「許嫁《いいなずけ》だ、もうすぐ結婚することになっている」

「結婚？　お前がぁ？」

不穏な空気がふたりの間に漂う。

もはや一触即発といった空気だ。

このままではいつ喧嘩が始まってもおかしくない。

鈴は慌てて、白妙の後ろから声をあげた。

「た、立ち話もなんですから、お部屋へご案内いたします！」

「まったく、なんであんな奴を連れてきたんだ」

番台裏の和室で胡坐《あぐら》を組んで座っている白妙が、畳の上で平べったくなっている蛙沢を睨んで文句を言う。

決して穏やかではない出迎えのあと、武尊親子を客室へ案内した鈴たちは、一階へ降りてきた。

『わ、私は役場へ戻らなくてはならない。あとは頼んだよ、鈴ちゃん』

不穏な空気から逃れるように、佐藤はそそくさと帰っていった。

銭湯の準備を太郎と次郎に任せて、鈴は和室で緊急会議である。

宿についてはいつも我関せずな白妙が、珍しく難色を示しているのだ。とにかく詳しく事情を聞く必要がある。

「武尊さまが、しろさまのお知り合いとは思いませんでした」

いつになく機嫌が悪い白妙に、気まずい思いで鈴は言う。

白妙がため息をついた。

「知り合いではあるが、関わりはないんだよ。ただ向こうがやたらと突っかかってくるだけで」

それはさっきのやり取りで、なんとなく感じ取ることができた。

蛙沢が顔を上げる。

「武尊さまは、常に皆さまに注目されていたい方なのです。特に女性が大好きで……白妙さまは女神さま方にモテますから、気に食わないのでございます」

白妙が蛙沢を摘み上げた。

「余計なことをするだけでなく、余計な口をきく蛙だ。そもそも奴が女好きと知っていて、どうして予約を取ってきた？　鈴に何かあったらどうするつもりだ？」

「わ、私は……！　早くいぬがみ湯の従業員として認められたくて」

「なるほど、自分の出世のためならば、まわりはどうでもいいんだな？　見た目は蛙だが中身は蛇のままらしい」

ふたりのやり取りを聞きながら、鈴はどうするべきか考える。

いぬがみ湯は白妙を祀る場所だから、彼の気持ちを一番大切にするべきだ。

彼が難色を示すなら、宿泊を断ることも視野に入れなくてはならない。でもせっかく来ていただいたのに、追い返すのは申し訳なくて胸が痛い。

すべて、白妙と武尊の関係をしっかりリサーチしていなかった鈴の落ち度だった。

「しろさまは、武尊さまにご滞在いただくのは反対なんですね？」

確認すると、彼は困ったような表情になった。

「反対というか……心配というか……。鈴はこのまま奴を泊めたいのか？」

「しろさまが反対ならお帰りいただくべきだと思います。でも……せっかくお越しいただいたのに、着いて早々お帰りいただくのは申し訳ないとも思います」

言いながら白妙をチラリと見る。

今言ったことは鈴の本心だ。でもそれ以外にもうひとつ、別の思いが胸に渦巻いていた。

『白妙さまは女神さま方にモテますから』

蛙沢の言葉が引っかかっている。ここのところ鈴を悩ませている、気にしても仕方がない彼の過去のことだ。

この不安から逃れるためには、早く夫婦になるしかないと鈴は思う。夫婦になればきっと、彼の過去も気にならなくなるだろう。

でも女将として一人前になるまでは、結婚しないと決まったのだ。ならば今の鈴にできることはひとつだけ。女将としての仕事を頑張ることだった。

来たばかりの客をこちらの都合で追い返すなんて、女将としては失格だ。できることならば、このまま滞在してほしい。

もちろん、白妙が反対するようなら、強行するわけにはいかないが……

うつむく鈴を困ったように見て、白妙が蛙沢に確認する。

「蛙沢、奴は何泊する予定だ?」

「二泊三日でございます」

白妙が仕方がないというようにため息をついた。

「まぁ、三日くらいなら、私が気をつけていれば問題ないか」

「いいのですか?」

鈴が問いかけると、彼はにっこりと笑って頷いた。

「ああ、鈴のやりたいようにやりなさい。私はいつもそれだけを願っている」

「ありがとうございます！」

「ただし、ふたりきりにはならないこと、奴が鈴に悪さをしないように私も気をつけて……」

——そのとき。

「なんだ、ここにいたのかよ。さっきから探してたのに」

番台へ続くガラス戸がガラリと開き、武尊が顔を出した。

「武尊さま⁉」

ドキッとして鈴は声をあげる。今の話を聞かれていたら、非常にまずい。

だが幸いにしてそうではなかったようだ。彼は関係ないことを口にした。

「俺ちょっと出かけるから」

「え？　どちらへ？」

「高倉ってとこだよ。ここから近いんだろ？　遅くなると思うから、双子をよろしく」

出かけるのは結構だが、子どもたちを置いていくという武尊に、鈴は驚いてすぐに返事ができなかった。

「あいつら三食きっちり飯を食うからその辺もよろしく。和食中心で、ジャンクなものは食べさせないでくれ。母親に禁止されている。夜になったら風呂に入れて九時には布団に入れてくれ。生活リズムが乱れたら双子の母親にどやされる」

「食事は大丈夫ですが……」

それよりも双子を置いていくことが問題だ。

白妙が口を挟む。

「どこへ行こうと勝手だが、子どもは連れていけ。いぬがみ湯は託児サービスはやってない」

「はあ⁉　子守りしてくれるんじゃねえの？　そう聞いたから、俺はここへ来たんだぜ？」

そういえばそんなことを言っていたと、鈴は玄関での出来事を思い出す。

蛙沢を見ると彼はまずいという表情をしていた。もしかして、いや、もしかしなくてもそう約束したのは彼だろう。

「蛙沢が何を約束したかは知らないが、ここは温泉宿だ。託児所じゃない。女将の鈴にそこまでさせるわけがないだろう。自分の子の面倒は自分で見ろ」

きっぱりと言う白妙に、武尊が声をあげた。

「はぁ？　なんだよそれ⁉　聞いてたのと全然違うじゃねえか。おい蛙沢。神をだますなんていい度胸だな！　……ったく、いぬがみ湯、とんでもない宿だぜ、約束したサービスを提供しないだけでなく、地主神の態度も悪い。絶対泊まりに来ないように、皆に広く知らせなきゃいけない……」

ぶつぶつと不満を言う彼に、鈴は真っ青になる。彼が神さま界のインフルエンサーだという話を思い出したからだ。

この件をそのまま神さまたちに広められては、いぬがみ湯には誰も来なくなってしまう。

考えるより先に言葉が口をついて出た。

「武尊さま、お伝えしていた通りにさせていただきます。だから、その……」

蛙沢の失態は、すなわち女将である鈴の失態である。できる限りのことをするべきだ。

「鈴……」

白妙が心配そうに鈴を見る。彼が自分のことを思ってくれているのはわかるけれど、それでも女将として責任を果たしたかった。

「しろさま、私なら大丈夫です。しろさまにご負担はかけません」

「私のことはいいけれど、鈴が大変だろう。双子なんて」

「頑張ります、だから、しろさまお願いします」

たしかに双子の世話は想定外だが、二、三日の間なのだ。なんとかなるだろうし、なんとかするしかない。

頭を下げると白妙はため息をついた。

「仕方がないね」

「ありがとうございます」

鈴は顔を上げて、武尊に向き直った。

「武尊さま、お約束通りにさせていただきます。だから、その……」

「まぁ、それなら、皆に言うのはやめておくよ。だけど、この件に関してはだからな？　また何かあったら話は別だ。神の世界のリーダー的存在として、俺は事実を皆に報告する義務があるからな」

脅かすようにそう言って、部屋を出ていった。玄関へ向かう彼を鈴は慌てて追いかける。

「お帰りはどのくらいになられますか？」

「さぁ？　キャバクラの女の子たち次第かな？　可愛い子がいたら朝まで帰れないかもしれないし」

そんなことを言いながら、彼は玄関でブーツを履く。ガラガラと扉を開けて出ていく寸前で振り返った。

「双子の子守りをしてくれるなら二、三日と言わずしばらくここに滞在してやるよ。ちょうどいいから双子に修行させてやってくれ」

「え⁉　修行……でございますか？」

「ああ、ガキどもはそろそろ神さま修行を始める時期なんだ。だけどうちの神社に詣りにくる人間で修行させるわけにいかない。都会の人間の願いはギラギラしてて子どもの神には向かないからな」

武尊を祀る神社は全国に数多あるけれど、そのひとつは日本の真ん中あたりの大きな街にある。

「失敗されたら俺の評判にも関わるし。その点、この村なら大丈夫だろう。のんびりした年寄りが多そうだし、願いといっても、せいぜいが囲碁が強くなりたいな～くらいのもんだろう」

勝手なことを言う武尊に、鈴は慌てて首を横に振る。

「ですが人間の私に神さま修行なんて……」

「断るなら、やっぱりいぬがみ湯の悪評を広めようかな」

鈴の言葉を遮ってむちゃくちゃなことを言う武尊に、鈴は口を閉じた。

滞在期間が延びるのも、双子の修行も、約束していない話だ。でも、悪評を広めると言われては、強く反論できない。

「ま、そういうことだから。よろしく！」

黙りこむ鈴の返事を待たずに、武尊がさっさと出ていった。

「いってらっしゃいませ～！」

大きな声でそう言って頭を下げる蛙沢を、白妙が摘み上げた。

「お前も、いぬがみ湯から出ていくか？　鈴の知らないところで好き勝手ばかりして」

「あわわ、白妙さま。すべてお話ししますから、お許しくださいませ」

床にぺっと投げられて、蛙沢はぺったんこになり話し始めた。

「実は武尊さまの奥さまは家出中なのでございます」

「家出？　奴が妻を娶ったのは知っていたが、女癖が悪いから愛想を尽かされたのか」

「さぁ、それは定かではありませんが、お子さまたちを置いていかれたので、困っておられたのです。ならばいぬがみ湯へ来ませんか？と、私はお誘いした次第です。はい」

しれっとそんなことを言う蛙沢を白妙が睨む。

「安請け合いしたんだな」

「そ、それは……！　で、ですがそういうメリットでもないと、このような田舎にお越しいただけるわけがないのです。武尊さまは普段は日本全国の神社からお呼びがかかっている方で、贅沢の限りを尽くしておいでなのです。あの通り、新しもの好きのじっとしておられない方ですし……」

蛙沢がしょんぼりとした。

「ですが、お子さまの修行などということまでおっしゃるとは思いませんでした。よかれと思ってしたことが、裏目に出てしまいました」

その様子に、鈴はそれ以上蛙沢を責める気にはなれなかった。

やり方がまずかったのはたしかだが、いぬがみ湯の役に立ちたいと思ったのは本当だ。

とはいえ、困ったことになったなと思ったそのとき、上から「わーん！」という泣き声が聞こえ、鈴と白妙、蛙沢の三人は顔を見合わせた。

「二階からですね」

「客室……、双子ちゃん？　私が行きます。蛙沢さん、銭湯のほうをよろしくお願いします。しろさま、失礼いたします」

そう言って鈴はひとり二階へ向かった。

客室へ行ってみると、泣いているのは稔のほうだった。隣で日仔が耳を塞いでいる。

「大丈夫？」

稔の隣に座り鈴は尋ねる。だが、彼は泣くばかりである。

「お父さんが出かけちゃって寂しいのかな？」

差し当たって、思い当たる理由はそれだけだ。

日仔が首を横に振った。

「違うよ。稔は知らない場所が怖いの。父上さまが恋しいわけじゃない」

「そう……、知らない場所は怖いよね。日仔ちゃんは平気？」

尋ねると肩をすくめた。

「全然平気。嬉しいくらい。私たち、いつもは自由に外に出られないんだ。神さまの子はむやみやたらと出歩いちゃいけないんだって言われて」

彼女は口を尖らせてそう言って、鈴の袖を引っ張った。

「ねえねえ、ここって何があるの？　遊ぶところある？」

「え⁉　えーっと」

鈴は考えながら口を開く。いぬがみ湯にある子どもが喜びそうなものを頭に思い浮かべる。

「そうだ。大きなお風呂があるよ」

「大きなお風呂？　ふーん」

「それからおもしろいあやかしたちがたくさんいて……。てててっていうあやかしはね、ふわふわですごく可愛いの」

「ふわふわ？」

日仔が目を輝かせた。

「日仔、ふわふわ大好き！　いつもお家では狛犬と遊ぶのよ」

「そうなんだ。たくさんいるから、あとで一緒に会いに行こうね」

日仔の反応に鈴はホッとする。稔が大声で泣くのはやめて、こちらを見ていた。

「ねえ、他には？　他には？」

どうやら日仔は好奇心旺盛なようだ。可愛らしく質問を繰り返す。鈴はまた考えを巡らせる。

「そうね、公園には滑り台もブランコもあるし、商店街にはお菓子屋さんもあるよ」

たしかお菓子屋には駄菓子だけでなく、スーパーボールなどの当て物や、ちょっとしたおもちゃなんかも置いてあったはずだ。天河村の子どもたちに人気のスポットである。

「お菓子？　行きたい！　行きたい！」

日仔が嬉しそうに両手をあげる。無邪気な様子が可愛くて鈴の頬に自然と笑みが浮かぶ。

「ふふふ、じゃあ一緒に行こうか。稔くんも行く？　おもちゃもあるよ」

鈴が稔に問いかけると、彼は驚いたように大きな目を見開いて鈴を見る。

「稔くん？」

問いかけると、稔はハッとして目を伏せた。真っ白な頬が桃色に染まっていく。しばらく考えてからこくんと頷いた。

隣で日仔が眉を下げてお腹に手を当てる。

「でも日仔、お腹空いちゃった……」

時計を見ると十一時を回っている。

武尊は、子どもたちは普段から規則正しい生活をしていると言っていた。お昼には少し早い時間だけれど、朝から遠くまで来たのだ。お腹が空いていても不思議ではない。

「じゃあ、少し早いけど、お昼にしようか。ちょっと待っていてね」

ふたりに声をかけて鈴は部屋を出る。

廊下に白妙が立っていた。少し難しい表情で腕を組み壁に寄りかかっている。部屋の中のやり取りを聞いていたようだ。

子守りも神さま修行も滞在期間の延長も、彼が武尊の滞在を容認したときとずいぶん話が違う。ならやっぱり武尊親子の滞在は断るべきで、子どもたちにもあまり関わるべきではないのかもしれない。

「しろさま……」

気まずい思いで鈴が言うと、彼は難しい表情のまま口を開いた。

「母親がいなくても、奴が普段いる社には、あの子らの面倒をみるお付きの者たちがいるはずだ。武尊が面倒を見ずに放っておくのなら、その者たちに迎えに来させればいいだけの話だが……」

そこまで言って言葉を切り、ため息をついた。

「……だが子どもらに罪はない。鈴の思う通りにやってごらん」

「ありがとうございます！」

ホッと息を吐いて鈴は彼に向かって頭を下げる。

たとえ条件が違っていても、むちゃくちゃなことを要求されていても、もはや鈴は彼らを受け入れる気持ちになっていた。

ここへ来るのが楽しみだったという日仔の話を聞いたからだ。

小さいけれど彼らも神さまには違いない。普段自由に外出できず窮屈な思いをしているならば、せめてここでは、自由に楽しく過ごしてもらいたい。それがいぬがみ湯の役割であり、鈴が女将をやりたいと思った動機のひとつなのだ。

鈴の頭に、白妙が大きな手を乗せた。

「奴には宿代をたっぷり請求しよう。でも無理はしないように。困ったことがあったら、すぐに私に言うように」

「はい」

自分を見つめる満月色の綺麗な瞳と優しい言葉に、鈴の胸はキュンと跳ねた。いつも彼は鈴の気持ちを大切にしてくれる。そんな彼と早く夫婦になりたい。

そのためにも女将としての仕事をしっかりやらなくてはと、鈴は気を引き締めた。


おにぎりをひとつずつ握り、前日に母が鈴のために持ってきてくれたコロッケとほうれん草の胡麻和えを添えて、ふたりの昼食にした。

あっという間に、食べ終えたふたりを連れて、鈴はまず、いぬがみ湯の建物を案内することにした。

日仔は嬉しそうにスキップをしながらついてくる。

稔は鈴の作務衣の裾を掴み、部屋を出るのも階段を下りるのも、おっかなびっくりといった様子だ。

「大丈夫、いぬがみ湯の中には悪い人も怖い人もいないから。どこに何があるのかわかっていれば、迷子にもならないでしょう？」

安心させるように声をかけると、彼は鈴を見上げてこくんと頷いた。

建物の中を案内し、最後に大浴場へ向かう。脱衣所では、ちょうどててが掃除中だった。ふわふわな身体と可愛らしい見た目に、日仔は目を輝かせる。

「たくさんいる！　連れて帰りたい！」

捕まえようと走り出す。

ててたちが驚いて逃げ回り、コロコロと転がる。あっという間に脱衣所は大騒ぎだ。

「あ……！　日仔ちゃん、優しくしてあげてね」

「わかってる」

日仔は一匹のててを捕まえてギュッと抱きしめる。腕の中のててては初めはジタバタしていたが、日仔に頬ずりされて、やがてくすくすと笑い出した。

一方で、稔は、転んでしまったててを優しく起こしてやっている。そのててては嬉しそうに稔の膝に上りまったりとしていた。

小さくてもさすがは神さまだ、と鈴は思う。

ちょっとした騒動が起こったもののあやかしたちは、彼らをどこか歓迎しているように見えたし、彼らもその存在を自然なものだと受け入れているようだ。

様子が変わったのは、村を案内しがてら商店街の駄菓子屋へ向かったときだった。

「鈴ちゃん、こんにちは。その子たちはどこの子だい？」

郵便局の前で、酒屋の主人から声をかけられた。天河村は、皆顔見知り。知らない人がいればそれだけでニュースになる。

「こんにちは、おじさん。今日からお泊まりになられる日本武尊のお子さまたちです。こちらが日仔ちゃんで、こちらが稔くん」

「ああ！　そういえば町長が騒いでたな！　有名な神さまの予約を取りつけた新しい従業員は優秀だとか言って……。へえ、じゃあ、この子たちは神さまのお子さまかい。天河村はいいとこですよ！」

にっこり笑ってふたりに言う。

稔が驚いたようにびくっとして、鈴の後ろへ隠れた。

日仔は眉を寄せて嫌そうにつぶやく。

「大きな声、うるさい」

お世辞にもいい反応とは言えないが、酒屋の主人はさほど気にする様子もなく、ははと笑う。

「これは失礼いたしました！　じゃあ私はこれで」

ふたりに向かって頭を下げて、役場のほうへ歩いていった。その後ろ姿を、日仔が睨んだ。

「何あれ、あれが人間？」

稔が小さな声でつぶやいた。

「怖い……」

「大丈夫、あのおじさんは、悪い人じゃないから」

しゃがみこみ稔と視線を合わせて鈴は言う。

同時に、このふたりの反応に困惑していた。酒屋の主人は少し声が大きいが飛び抜けて、おかしなことを言ったわけではない。

「ふたりは、普段はあまり人とは会わないのかな？」

鈴が尋ねると、日仔が答えた。

「あまりどころか、初めてよ」

「え？　……そうなの？」

「うん、私たちお社からほとんど出なかったって言ったでしょう？　父上さまのお付きの者たちはいたけど。皆あやかしだったし」

なるほど、だからこんなにも稔が怯えているのだ。初めての場所が苦手なら、初めて会う相手も苦手に違いない。

「人間って、神《わたしたち》に願いを叶えてもらわなきゃ生きられないんでしょ。それなのに、あんなに大きな声を出してびっくりさせるなんて、なんて失礼なのかしら」

日仔が不満そうに言う。

別に人間が願いを叶えてもらわないと生きられないということはない。神頼みをしない人だっている。

でも社の中で育った彼女にとっては、父親に願いごとをしにくるのが人間という認識なのだろう。

このふたりの反応に、鈴は急に不安になる。

これから行く商店街には、人がたくさんいるというのに、この調子で大丈夫だろうか？

日仔はともかく稔のほうが心配だった。

鈴も少し前まではこの村の人たちが苦手で、それこそ小さいころはたくさん人がいる場所を怖いとすら思っていた。

こんなに不安そうにしているのだ、無理に連れていかないほうがいいかもしれない。

しかし、迷う鈴の腕を日仔が引っ張った。

「ねえ、早く行こう！　おやつ、おやつ」

「あ、……うん」

仕方なく鈴は立ち上がる。稔の手をしっかり握り、商店街に向かって歩き出した。

駄菓子屋には三人の小学生の男の子がいた。

子どもだけで来たのだろう。あれこれ話をしながら、思い思いにお菓子を選んでいる。

店に入ってきた鈴と双子を見て目を丸くしていた。朝服《ちょうふく》を着ているからだ。顔を見合わせて首を傾げている。

「こんにちは鈴ちゃん。その子たちは？」

駄菓子屋のおばさんからの問いかけに、鈴はさっきの酒屋と同じ説明をする。

「今日から泊まりに来られている日本武尊のお子さまたちです。この子が日仔ちゃんで、こっちが稔くん。おやつを買いに来たんです」

「ああ、町長さんが言ってたね。まぁ、うちに来てくださったの。こんにちは、どうぞ好きなの選んでいってくださいな」

おばさんがにっこりと双子に向かって笑いかける。

稔はびくっとして鈴の後ろに隠れた。

日仔が腰に手を当てて、おばさんを睨んだ。

「どうぞって、人間が神に物を捧げるのは当たり前のことでしょう？」

彼女が口にした言葉に鈴は驚いて、すぐには何も言えなかった。

たしかにそれはそうかもしれないけれど、ここはお店で、物を捧げる場所ではない。

でもそれを口にする前に、おばさんが朗《ほが》らかに笑った。

「あら、これは失礼いたしました。小さくても神さまなのね」

この村の年寄りにとって、神さまは時々やってくる身近な存在なのだ。特に驚いた様子も、気を悪くした様子もない。

一方で、小学生たちは顔を見合わせて不思議そうにしている。日仔が誰にも叱られなかったからだろう。皆が顔見知りだからこそ、この村の子どもたちは悪さをしたり大人に生意気な口をきいたりしたら、親じゃなくても容赦なく叱られるのだ。

「じゃ、じゃあお菓子を選ぼうか。何がいいかな？　日仔ちゃんは何が好き？　稔くんは？」

気を取り直して鈴は店の中を見回した。

村で唯一の駄菓子屋には、鈴も小さな頃に仲よしだった律子と一緒によく来た。所狭しと並べられたおやつやおもちゃの数々に胸が弾んだものだ。ラインナップは昔とあまり変わらないように思えるが、見かけなかったようなものもポツポツある。

「今は何が人気なのかな？」

鈴が小学生たちに尋ねると、彼らは自分の一押しを教えてくれる。

「きなこ棒！　安くてうまいんだぜ」

「俺はこれ、このチョコケーキ。二枚入って五十円」

「お前、そればっかかじゃん！」

元気に答える彼らに、稔が鈴のズボンをギュッと握る。大きな声が怖いのだろう。

鈴は優しく言い聞かせる。

「大丈夫、お兄ちゃんたち、怖くないよ。美味しいお菓子たくさん知ってるからね。何がいいか教えてくれるよ」

するとその鈴の言葉に反応して、日仔が不満そうに口を開いた。

「お兄ちゃん⁉　人間の子どもじゃない！」

小学生たちが驚いたように、顔を見合わせた。

彼らは三年生くらいで、背格好だけで見れば双子よりも年上だ。

だから鈴はつい『お兄ちゃん』と表現したわけだが、神さまと人間の子を同じように考えるのは適切でないのかもしれない。

「お兄ちゃん……ではなかったかな。日仔ちゃんも、きなこ棒食べてみる？」

気を取り直して鈴は尋ねる。

すると彼女は馬鹿にしたように鼻を鳴らした。

「そんなのお社で嫌というほど食べたわ」

そして色とりどりの細長いゼリーを指差した。

「日仔、あれがいい！　あれ何？　どうやって食べるの？」

彼女の好奇心の強さは父親に似たのかもしれない。ちょっと派手で新しそうなものに引かれるようだ。

　鈴は黄色のゼリーを手に取った。

「これはゼリーっていって、ここを噛みちぎって吸うの。甘くて美味しいよ」

「甘いの？」

　日仔が目を輝かせて受け取った。

「凍らせても美味いんだぜ」

　小学生のひとりが言う。

　すると彼女は、彼を睨んだ。

「聞いてもないこと言わないで」

　彼は驚いて口を閉じた。

「ご、ごめんね」

　代わりに鈴が謝る。その間に、日仔はゼリーの端を噛みちぎり、そのままちゅーちゅーと吸い出した。

「おいしーい！」

「あ、日仔ちゃん……！」

「なあに？」

「ここにあるものはお店のだから、お金を払ってから食べるのよ」

店の決まりを知らない日仔に、鈴は説明する。

「好きなのを選んでいいから、お金を払って、宿に持って帰って食べようね」

日仔がそっぽを向いた。

「そんなの知らない！　人間の決まりでしょう？　私はそんなのに従う必要はないわ」

「人間の決まり……それはそうだけど」

「鈴ちゃん、いいよいいよ。好きなの食べていってくださいな」

おばさんは鷹揚に言う。

「すみません、まとめて払います」

鈴は頭を下げて謝った。

その後ろで、小学生たちはしらけた様子で帰っていく。

鈴は彼らに対しても申し訳ない気持ちになるが、日仔はどこ吹く風だった。

「あー美味しかった。ねえ、次はあれ！　それからあれとこれも」

まわりの反応などまったく気にする様子もなく、日仔は次々にお菓子を選んでいく。

稔のほうは相変わらず、鈴の陰に隠れたままだ。

対照的な反応を見せる双子に、鈴は困り果てていた。

初めて人と接するなら、怖かったり、ルールがわからなかったりして当然だ。

日仔の少し我儘《わがまま》にも思える振る舞いも、彼女が悪いわけではない。でもそれに対して、自分がどうするべきかがわからなかった。

……神さまの子守りを引き受けたのは無謀だったのかもしれない。

不安になる鈴の袖を日仔が引っ張る。

「ちょっと、聞いてるの？　あれ！　あれが食べたいって言ってるの！」

「ごめん、クレヨンチョコだね」

慌てて鈴は、クレヨンチョコの銀紙を手に取った。


日が落ちて、いぬがみ湯には入浴客が続々と詰めかけている。大浴場へ続く渡り廊下を、日仔がせわし男とともに走り回っている。

「せわし！　せわし！」

「きゃははは！　日仔の勝ち！」

入浴客たちは、少し困ったような表情でぶつからないようによけて通っている。その光景を番台から眺めながら、鈴はどうしたものかと考えていた。

いぬがみ湯は、赤ん坊から年寄りまでゆっくりと過ごす場所だ。赤ん坊が泣くのも、休憩処で囲碁をしている年寄りが大きな声で笑うのも当たり前の光景だ。騒がしいのをとやかく言う者はいない。

でも子どもが廊下を走り回るのは別で、見かけたら必ず誰かが注意する。滑って転ぶと危ないし、年寄りにぶつかって怪我したら大変だからだ。

しかし、日仔に注意する者はいない。それは当然、彼女が神さまだからだ。

武尊親子がやってきて、一週間が経った。

明るくて好奇心旺盛、誰に対しても物怖じしない日仔は、いぬがみ湯にすぐに馴染んだ。少しえらそうだけれど、可愛くてお喋りな彼女はすでに村の人気者。毎日行く駄菓子屋では商店街の人たちからたくさん声をかけられる。

だが彼女の振る舞いは、鈴から見れば少し心配になる部分がある。

今のようにやってはいけないことをしたり、ぞんざいな口をきいたり。何より鈴が気になるのは、どこか人を馬鹿にしたような態度をとることだった。

もちろん彼女自身が悪いのではない。今まで人と接してこなかったのだから人のルールも、人への接し方も知らなくて当然だ。

それではどうすればいいのか、さっぱりわからなかった。

人の子ならば、していいこと、悪いことを言い聞かせるべきだろう。でも彼女は神さまなのだ。人である鈴がそんなことをしてよいのかわからないし、そもそも彼女の振る舞いを改めるべきかどうかさえ、わからなかった。

そんなことを考えながら、鈴は隣に座る稔に視線を送る。彼は鈴にぴったりとくっついて、訪れる入浴客たちを不安そうに見ていた。

日仔とは対照的に、彼はずっとこの調子だ。

鈴だけには心を許していて、鈴がそばにいる限り泣くことはなくなった。その代わり日中は鈴のそばを離れず、鈴が出かけるときも、掃除のときもずっとついてくる。

母親が不在で父親もろくに面倒を見てくれない状況では、不安になるのも仕方ない。

彼を連れて歩くことは鈴にとっては問題ないが、これでいいのだろうかと少々不安だった。

滞在に当たり武尊に押し付けられたのは、子守りと神さま修行。

子守りのほうはなんとかなっているように思えるが、神さま修行のほうに関しては、まったく何もできていないのだ。

そもそも何をすればいいのか、さっぱりわからない。

鈴は心の中でため息をつく。

鈴にとって一番身近な神さまは、白妙だ。

とはいえ武尊親子の滞在に元々反対だった白妙に、相談するわけにいかないし、父親である武尊は……

ギシッギシッと床の鳴る音がして鈴は階段を振り返る。

浴衣姿の武尊が下りてきた。肩に手拭いをかけている。大浴場へ向かうのだろう。

双子の子守りを鈴に任せて、彼は夜な夜な高倉へ遊びに行く。たいてい朝帰りだ。そして日中はいびきをかいて寝ていて、だいたい午後五時くらいに起きてきて、風呂に入る。そしてまた出かけるのだ。

いぬがみ湯では宿泊している神さまには、銭湯の営業時間外に入浴してもらう決まりになっている。敬うべき神さまに人と一緒に入浴してもらうのは差し障りがあるからだ。

でも彼は営業時間内外にかかわらずふらりと二階から下りてきて、村人たちに気楽に声をかけながら、風呂を楽しんでいる。

「こんばんは」

階段を降りきった武尊に鈴が声をかけると、彼は「ふわぁ〜」とあくびをして、番台へやってくる。そして手をついて稔を覗きこんだ。

「おう、稔、こんなところにいたのか。お前、鈴ちゃんにべったりじゃん。わかるよ、可愛いよな、鈴ちゃん。狼の許嫁《いいなずけ》にしとくなんてもったいない」

彼の浴衣の合わせがだらしなくはだけている。

慌ててそこから視線を外して、鈴は遠慮がちに口を開く。

「武尊さま、念のため……念のためでございますが、殿方の湯殿の入口は、藍色の暖簾《のれん》でございます」

いぬがみ湯では、一日ごとに男湯と女湯を入れ替える。湯船の大きさは同じでも窓から見える景色が違うからである。特に告知しなくても、入浴客たちは暖簾《のれん》の色で判断するから間違えることはない。

ところが武尊は暖簾《のれん》の色などろくに見ずに入る。

そのせいで女湯で女性に交じって湯に浸かり、タイル画の白妙にどやされて大騒ぎになったという出来事がこの一週間で二回もあった。だから鈴は念のため、こうやって確認するようにしているのだ。

武尊が肩をすくめた。

「別にどっちだっていいじゃん。男女で風呂を分けるなんてややこしい時代だな」

彼の言う通り、日本では混浴だった時代もある。昔の日本を知っている彼からしたら、滑稽に思うのかもしれない。

「ハニーたち、喜んでたぜ？　俺と一緒に風呂に入れるなんて、寿命が十年延びたわとか言って」

ハニーとは、女湯で話をしたおばちゃん連中のことだろう。

女湯で彼女たちや、野のあやかしたちと気楽に話をしていたようだ。たしかに彼が女湯に入ったことに関して、苦情は一切出ていない。

むしろあの日本武尊とたくさん話ができた、男前で目の保養になったなどと言って喜んでいる者もいたくらいだ。

でもだからといってこれからもそれでいいとは思えない。律子などは、武尊が女湯に入っていないか毎日確認するようになった。

「でも、気にする者もおりますので……」

「カタブツだなぁ、鈴ちゃんは」

武尊がぼやいて、番台から鈴のほうへ身を乗り出した。

「そういう自分は、毎日白妙と一緒に入ってるくせに」

「いっ……！　は、入っていません！」

思わず鈴は声をあげて、首をぶんぶんと横に振る。

武尊がにやにやとした。

「またまた～！　隠さなくていいよ。昔から、そういう仲になった男女がやることなんて決まってるからな」

『そういう仲』という言葉に、鈴はさらに真っ赤になった。慌ててまわりを確認する。こんな話を誰かに聞かれたらと思うと気が気ではないが、幸いにして今は誰もまわりにいなかった。

鈴は声を落とす。

「わ、私としろさまは、まだ結婚していませんから」

「だけどやることやってりゃそういう仲だ。風呂にも一緒に入るだろ？」

「やっ……！　ち、違います、私としろさまはまだそういう仲じゃ……」

あけすけな言葉に鈴は頭がパニックになって、思わず言わなくてもいいことまで言ってしまう。

武尊が意外そうに眉を上げた。

「え？　まさかまだ清い関係ってこと？」

しまったと鈴は思う。でももう時すでに遅し。神さまに尋ねられて嘘を言うわけにいかない。

とはいっても、とてもじゃないが声に出して返事をすることなどできなくて、鈴はこくんと頷いた。

「マジで⁉」

武尊が声をあげる。そして怪訝な表情になった。

「……そんなことあるのかよ？　俺にはちょっと信じられない」

「わ、私と白妙さまは、許嫁《いいなずけ》です。だから結婚までは……その……」

「そりゃ結婚までは清い関係でっていう奴らもいるにはいるけど。だけど、あの白妙だぜ？　ちょっと前までは女神たちを取っ替え引っ替えしてた奴が、許嫁《いいなずけ》に手を出さないなんて信じられないいな……」

顎に手を当てて考えこんでいる。

彼の言葉に、鈴の胸がズキンと痛んだ。

結婚まで何もないのが神さまの中で非常識というわけではないけれど、武尊は白妙の過去を知っているからこそ不思議に思っているということなのだろう。

「あいついったいどうしたんだ？　結婚と恋愛は別ってやつだろうか？　その感覚はわからなくないが……。だが、奴はやたらと鈴ちゃんを大事にしてはいたし、娘か妹みたいな気持ちなのか？」

鈴にというよりは、心の声がそのまま口から出ているようだ。ぶつぶつとつぶやいている。

その中の『娘か妹みたいな気持ち』という言葉が鈴の胸をぐさりと刺した。悲しいけれど妙にしっくりくる表現だった。

白妙は赤ん坊のころから鈴を見守ってくれていた。それゆえに大切に思ってくれているのはたしかだが、女性として見られていないのかもしれない。

もちろんこれは武尊の予想にすぎないけれど、そう考えれば、婚約してからのふたりの温度差にも納得がいく。

妹みたいな相手なら、いちいちドキドキはしないだろう。

「武尊さま、湯殿に行かれるのですね。私がご案内いたしましょう」

渡り廊下をぴょこぴょこと蛙沢がやってきた。

「おう、頼む。風呂上がりに、フルーツ牛乳を用意しておいてくれ」

「かしこまりました。キンキンに冷えたものをご用意いたしましょう」

そんなやり取りをしながら、ふたりは大浴場のほうへ歩いていく。ズキズキと胸が痛むのを感じながら鈴は彼らを見送った。

ガラガラと玄関が開いて暖簾《のれん》から律子が顔を出した。腕に拓真を抱いている。

「りっちゃん、たっくん、こんばんは。いらっしゃい」

気を取り直して、鈴はふたりに声をかけた。気になることがあったとしても今は仕事中、業務に集中するべきだ。

「今日はふたり？」

下駄箱に靴を入れて、番台へやってきた律子に尋ねる。

「うん。健太郎、今日は現場が遠かったみたいで赤暖簾《あかのれん》にも来られなかったんだ」

「けん〜」

腕の中の拓真が残念そうにした。

「明日は来てくれるといいね」

拓真の手を握り鈴が言うと、律子が小さな声で問いかけた。

「……武尊さまは？」

「大丈夫、さっき蛙沢さんが男湯にご案内した」

「そう」

安心したように頷いて、今度は鈴の隣の稔に向かって声をかけた。

「こんばんは、稔くん」

すると、稔はびくっとして鈴にぴたりとくっついて顔を隠す。

もう何度も顔を合わせている律子は彼の反応を疑問に思うこともなく、ふふふと笑った。

「まだ慣れないかー。だけど、小さくてもさすがは神さま、この村で一番誰が信用できるかよくわかってるんだね。稔くん、鈴は優しいでしょ」

返事などないとわかっていて、声をかけている。

するとそこへ通りすがりの常連客が口を挟んだ。

「鈴ちゃんがよく面倒を見るからよ」

そう言って彼女は、鈴にくっついている稔を見てにっこりと笑った。

「こういう光景を見ると、まるで白妙さまと鈴ちゃんの子どもみたいに思えるわね」

そのまま、うふふふと笑っている。

「お、おばさん、そんな……」

鈴は慌てて口を開くがうまく答えられなかった。

そんな鈴に常連客はもう一度うふふと笑ってから、律子に向かって腕を伸ばす。

「りっちゃん、まだお話しするようならたっくん先にお風呂に入れてようか？」

律子は躊躇することなく「じゃあお願いします」と言って、拓真を彼女に託した。

拓真も慣れたもので「ばば、ばば」と言って嬉しそうにしている。

「たっくんは、ぬる湯ね。ばばはよくわかっておりますよ」

ふたりは渡り廊下のほうへ去っていった。

毎日律子は入浴前に番台の鈴と少し立ち話をする。するとたいていこんなふうに通りかかった女性客が、拓真を先に風呂に入れてくれるのだ。

ここに来るようになってからずっと拓真は女湯のアイドルで、洗い場では皆が取り合うようにして彼の面倒を見るという。自宅に風呂があるのに、毎日律子がいぬがみ湯にやってくる理由のひとつでもある。

シングルマザーとして子育てと仕事で、気の抜けない生活だがここへ来ると、少しだけゆっくりすることができる、というわけだ。

鈴は、火照る頬に手を当てた。

「気が早すぎるよね。私まだ結婚してもいないのに、子どもなんて……」

実はこんなことは、初めてではない。双子が来てからよく言われるようになったのだ。

特に年寄りは鈴が双子を連れていると、にやにやして挨拶がわりに『鈴ちゃんの子みたいね』と言うのだ。そのたびに鈴は困ってしまう。

律子が目をパチパチさせた。

「結婚してないのはそうだけど、皆があぁ言うのは子どもができないとも限らないからでしょ。鈴と白妙さまは一緒に住んでいるわけだし、やることやってりゃできる……。ってまさか鈴。どうやって子どもができるか知らないなんてこと……」

「し、知ってるよ！」

鈴が声をあげると、律子は大袈裟に胸を撫で下ろした。

「ああびっくりした。二十歳の女子が知らないなんてありえないよね。でもなんといっても鈴だから。だけど……ということは、まだ白妙さまは鈴に手を出してない……？　まさかね」

そう言って律子は、ははははと笑う。

一方鈴は、図星を突かれて返事ができなかった。頬を膨らませて口を噤む。

その鈴の反応に、律子が目を丸くした。

「え？　……まさかマジで？」

「だって結婚はまだだもん」

言い訳するようにつぶやいた。

「それはそうだけど、夜は狼の姿になられてるから、そういう感じじゃ……」

もごもご言って口を閉じる。もはや何も言いたくなくなってしまう。

「毎日一緒に寝てるのに……？」

律子が首を傾げてぶつぶつとひとり言を言い出した。

「やっぱり神さまは、考えてることがよくわからないな……。毎晩一緒に寝てるのに、そんな気持ちにならないなんて、そんなことある？　狼の姿になると、そういう欲がなくなるのか、あるいは元々ないのか……」

武尊と同じような反応をされてしまい、鈴の胸に灰色の不安が広がっていく。

思いが通じ合って約半年、キスより先に進んでいないことがそんなに驚くことだというのが、鈴にとっては意外だった。

でもふたりが同じようなことを言うのだから、きっと自分たちが普通の恋人同士からはずれているのだろう。

「でもまぁ、白妙さまは鈴のことをよくわかっていらっしゃるから、大切にされてるってことか。ありがたいね。じゃあね～」

律子の言葉に鈴が頷くと、彼女は手を振り大浴場へ去っていく。

その背中を見つめて鈴はきゅっと唇を噛んだ。

午後十一時を過ぎたいぬがみ湯にて、銭湯の仕事を終えて鈴が番台裏の和室へ行くと、狼姿の白妙が布団の上に寝そべっていた。

「おつかれ、鈴」

「しろさまもおつかれさまです」

いつものやり取りだ。女将の仕事は好きだけれど、一日を終えると身体はくたくたに疲れる。すべての仕事を終えて彼の隣に潜りこむ時間は、鈴にとって一日のうちの一番の癒しの時間でもある。

でも今は、なんだかもの足りないような、これではダメだというような不安な気持ちだった。さっき武尊と律子に言われたことが、頭から離れない。

結婚するまでは同じ布団で寝ていても何もないのが当たり前だと鈴は思っていたけれど、どうやらありえないことのようだ。

さらに昔の白妙を知っている武尊から見ても不自然に思えることらしい。

「双子の子守り、それから女将の仕事、どちらの仕事もやらなくてはならないんだ。疲れているだろう。ゆっくりお休み」

「はい、しろさま」

優しい言葉に頷いて、鈴は白妙の隣に潜りこむ。白いふわふわに抱きつくと、身体の疲れが解けていく。でも心の中のもやもやは、消えなかった。

目を閉じると、武尊の言葉が頭に浮かぶ。

『妹のような気持ちか？』

そこへ、律子の言葉が重なった。

『狼の姿のときは欲がなくなるのかな？』

鈴は目を開けて、白妙に問いかけた。

「しろさま、その……。夜は人のお姿にはならないんでしょうか？」

眠りにつこうとしていた白妙が驚いたように目を開いた。

鈴は以前、夜は狼の姿でいてほしいとお願いしたことがある。それなのに、どうしてこんなことを言うのだと彼は不思議に思ったのだろう。

鈴自身も、なぜこんなことを言っているのか正直なところよくわかっていない。でも聞かずにはいられなかった。

鈴がお願いした理由は、人の姿でいられるとドキドキが止まらなくなってしまって寝るどころの話でなくなるからだ。

今だって、それは全然変わらない。

だから今、彼に人の姿になってもらいふたりの仲を進めたいと思っているわけではない。そんな勇気はまったくない。

それなのに、何もないのが不安でたまらない。頭の中がぐちゃぐちゃだ。

「……なんでもないです。変なことを言ってすみません」

小さな声でそう言って、白いふわふわに顔を埋めた。

「鈴？　何かあったんだな？　困ったことがあるなら言ってくれ」

白妙が鈴の頬を鼻でちょいちょいとつつく。

鈴のことに関しては、彼はなんでもお見通しだ。でもこんな気持ちを言えるわけがなかった。

——しろさまは、私を本当の意味でお嫁さまにするつもりはありますか？

言えない言葉が頭に浮かぶ。それを振り払うように鈴は腕に力を込めた。

「鈴？」

「なんでもありません。少し疲れているみたい。もう寝ます。おやすみなさい」

その言葉を信じたわけではないだろうが、白妙は一応納得した。

「おやすみ、鈴」

そして彼はふうっと、深いため息をついた。

鈴の胸がズキンと鳴る。

今の鈴の言動で、彼を困らせてしまっている。

狼の姿でいてほしいと、自分からお願いしておきながら今さらこんなことを言うなんて、何を考えているのだと呆れられたかもしれない。

目を閉じても、いつものように眠気は襲ってこなかった。代わりに、考えたくもない不安が次々と頭に浮かんでくる。

どうして彼は、いつまでも鈴との仲を進めようとしないのだろう？

やっぱり彼は鈴に対して、そういう気持ちを抱いていないのだろうか？

『恋愛と結婚は別』

それが答えのように思えて、鈴の胸がさらにズキンと鳴った。

第三章　稔の修行

双子が来てから二週間が過ぎた。

その間、大きなトラブルは起きていない。毎夜出かけはするものの武尊はご機嫌だし、双子も宿に馴染んでいる。

でも鈴は焦りを感じていた。

双子の神さま修行について、何もできていないままだからだ。

神さまたちにゆるりと過ごしていただくのが、いぬがみ湯の役割なのだから、今の状況はまずまずといったところ。それでも焦っているのは、鈴が白妙との関係に、いまひとつ自信が持てないことが影響している。

たとえ鈴を女性として見られていなかったとしても、嫁にするという約束を彼は守ってくれるだろう。そしてきっといつまでも大切にしてくれる。

ならば早く嫁になってしまいたい、鈴はそう思ったのだ。

この不安から逃れるためには、それしか方法がないような気がする。

女将として一人前になるということがどういうことなのか、具体的にはわからない。

でも、武尊が出した無理難題に応えることができて、彼に満足してもらえれば、一人前の女将に一歩近づくのではないだろうか。

だけど双子の神さま修行なんて、やっぱり何をすればいいのかわからない。まったく何もできていないのがもどかしかった。

今夜も日仔は銭湯の中を走り回っているし、稔は鈴にぴったりくっついている。宿にいること自体に慣れたとはいえ、ふたりは来たときとほとんど変わっていない。

午後八時半、少し入浴客が減ってきた時間帯に、ガラガラと玄関の扉が開く。暖簾《のれん》をくぐり顔を見せたのは母だった。

彼女は以前は夫の実家であるいぬがみ湯に、滅多に顔を出さなかった。当時の女将だった祖母と顔を合わせるのを避けるためだ。

でも鈴が女将になってからは、ほぼ毎日来るようになった。たいてい仕事が終わって夕食を食べたあとのこのくらいの時間だ。ついでに鈴の夜ご飯を持ってきてくれる。

少し遅いが、夜遅くまで働く鈴はこのくらいの時間に夕食を食べることにしていた。

「こんばんは、鈴。今日は、鈴の好きな肉じゃがよ」

番台にやってきた母が、台の上に保存容器がいくつか入った袋を置く。

鈴は笑みを浮かべて袋の中を覗きこんだ。

「わ、嬉しい。肉じゃが大好き、ありがとう、お母さん。お肉いっぱい入ってる？」

「入ってるけど、ちゃんとにんじんも食べなさいよ」

「わかってるよ」

「本当に？」

いつものやり取りをしてから、母は渡り廊下を通り、大浴場のほうへ向かう。

「ごゆっくり」

鈴は声をかけながら、大浴場へ向かう母の背中を視線で追う。

するとその母に、渡り廊下を走り回っていた日仔がぶつかった。はずみで日仔は尻餅をつく。

「あら、ごめんなさい」

母が謝り、立ちあがろうとする日仔を手助けした。

「怪我はない？」

日仔がこくんと頷くと、しゃがみこんだまま彼女と視線を合わせて口を開いた。

「ならよかった。だけど、廊下は走ってはいけません」

その母の行動に、鈴は目を見開いた。

日仔が走り回ることについて、母が躊躇なく注意をしたからだ。

そんなことは神さまである日仔に今まで誰もしなかったというのに。

いぬがみ湯が、白妙を祀る場所だということや、神を迎える宿だということを母は数ヶ月前まで知らなかった。だから日仔が神さまだという意識が薄いのだろう。

あるいは長年教師という職に就いている立場から反射的にそうしたのかもしれない。

日仔が口を尖らせて、母に向かって言い返す。

「そんなの私知らないわ」

「知らないなら今お伝えします」

きっぱりと言う母に、日仔がややたじろいだ。

「そ、それは、人の決まりごとでしょ。私が守る必要はないわ」

「決まりごとには、必ず理由が存在します。皆が通る廊下を、そのように走り回っていては、今みたいにぶつかるでしょう？　そしたら痛い思いをしますね？」

母からの問いかけに、日仔はお尻に手を当ててしばらく考えてから頷く。

「今は幸いにしてどちらも怪我をしませんでした。でもぶつかったのがお年寄りだったらどうなっていたでしょう？　お年寄りの中には、足腰が弱っていて日仔ちゃんを避けられない人もいます。転んだだけで骨が折れてしまう人もいるのよ」

「骨が？」

そんなこと思いもしなかったのだろう。日仔が目を見開いた。

「神さまは、人を傷つけてもいいのですか？」

「……それはダメ」

小さな声で日仔が言うと、母はよくできましたというようににっこりと笑う。

「では、これからは廊下を走らないと約束できますね？」

母の言葉に日仔はしばらく考えてからこくんと頷いた。

「さすがは神さまです。えらいですよ」

そう言って、母はまた立ち上がり大浴場のほうへ歩いていく。一連のやり取りを、番台に座り鈴はジッと見ていた。


双子を寝かしつけて番台へ戻ってくると、ちょうど母が風呂からあがり廊下をこちらへ歩いてくるところだった。

「ああ、いいお湯だった。仕事の疲れが吹き飛ぶわね。ずっと村に暮らしてたのに全然入りにこなかったなんて、惜しいことをしたわ。鈴、また明日ね」

そのまま、玄関へ向かおうとする。その背中を鈴は呼び止めた。

「お母さん、ちょっといい？　相談があるんだけど」

すると彼女は驚いたように目を開く。鈴が母に相談を持ちかけるなんて、ずいぶんと久しぶりのことだからだ。

「……いいわよ」

「たろちゃん、私ちょっとお母さんと話があるから、もう少し番台をお願い」

そう断って、鈴は和室へ母を促した。

「珍しいわね、鈴が私に相談なんて」

「うん……。今私、どうしたらいいかわからないことがあるのよね。さっきのね、日仔ちゃん……双子ちゃんのことなんだけど」

そのまま鈴は、武尊から頼まれたふたりの神さま修行の件を話す。さっきの母の日仔に対する接し方を見て相談してみようと思ったのである。

自分はあんなふうに日仔に言うことができなかった。言うべきかどうかすらわからなかったのに、彼女は迷うことなく注意して、日仔もそれを受け入れた。あのあと、日仔はもう走り回ることはなく、寝るまでの時間を休憩処に置いてある絵本を眺めて過ごしていたのだ。

母が教師をしているということを、鈴はいつも息苦しく感じていた。いい子でいなくてはならないというプレッシャーになっていたのだ。

でもさっきは、さすがは先生だと感心したのだ。もしかしたら母に相談すれば今抱えている問題の解決の糸口が見つかるかもしれない。

「神さま修行なんて、お母さんに聞くことじゃないのはわかってるんだけど……。お母さんは先生でしょう？　あのくらいの子たちと毎日一緒にいるから、何をするべきかわかるかなと思って」

「毎日子どもたちと一緒にいるのはそうだけど……神さま修行ねえ。さっきの日仔ちゃんともうひとりの子は稔くんだっけ？　あの子は少し怖がりみたいね」

「うん、人が怖いの。そもそもふたりとも人に会うのが初めてだったみたい。普段はお社からあまり出られないんだって」

「なるほど……」

母はそう言って考えこむ。

そしてしばらくしてから、顔を上げた。

「そうだわ。学校へ通っていただいてはどうかしら？　あの子たちなら……一年生くらいね」

「え？　……学校に？」

何かを学びたいなら学校へ、教師である母らしい意見だ。

でもそれに鈴はすぐに同意できなかった。

「でも神さまに、人間の勉強は必要ないような」

「あら鈴、学校は勉強を教えるだけの場所ではないわ。一緒に給食を食べたり、掃除をしたりして、人との関わりを学ぶ場所でもあるのよ」

「それはそうだけど……」

鈴もそれはわかっている。

それでもなんとなく気が進まないのは、それ自体が鈴にとって苦痛だったからだろう。自分が嫌だと思っていたことを人に勧める気になれなかった。

その鈴の考えは、母にはお見通しのようだ。少し申し訳なさそうにした。

「鈴にはあまり合わない場所だったのよね。それなのに、お母さんが無理強いしたからなおさら嫌いになっちゃったのね」

「それは……もういいんだけど」

「もちろん学校だって完璧な場所じゃないわ。でもたくさんのことを学べるのもたしかなの。あの子たちが将来、人の願いを叶える神さまになるなら、まずは人を知る必要があるんじゃないかしら？」

「人を知る必要がある……」

母の話を聞くうちに、そうかもしれないと思い始めた。

今までいぬがみ湯では三人の神さまを迎えた。皆、人の事情をよく知っていたと思う。

石長姫《いしながひめ》と橋姫は人の最近の恋愛事情について議論を交わしていたし、道真《みちざね》は受験生の将来にも思いを馳せていた。それもこれも、願いを叶えるために必要だからだろう。

「学校で人を知る……たしかにいいかもしれない。武尊さまに相談してみようかな」

鈴に合わなかったからといって、双子も同じとは限らない。

「親御さんの許可が取れたら、学校のほうからも町長さんに相談してみるわよ。まずはふたりのお父さまに話してみたら？」

思いもしなかった方法だが、何もしないよりはいいだろう。これが正解かはわからないが、少しだけ前に進めればいい。そんな期待を胸に、鈴は頷いた。

「うん。そうしてみる」

双子を学校へ行かせてはどうかという鈴からの提案は、武尊にあっさり受け入れられた。

「いいんじゃね？　現代っていまひとつわからないルールが多いんだよな。人に揉まれてくりゃ、少しは理解できるかも」

学校からも正式に許可が出て、ふたりは晴れて天河小学校の一年一組に編入することになった。

その第一日目の朝、母がいぬがみ湯までふたりを迎えにきてくれた。

「私が行こうと思ってたのに」

鈴が言うと彼女はにっこりと笑った。

「鈴には女将の仕事があるでしょう？　行き先は一緒なんだから私が行くほうがいいわよ」

「ねえ、学校って、公園から見える大きな建物でしょう？　早く行こう！　楽しみ楽しみ！」

鈴のお古の水色のランドセルを背負った日仔が、ぴょんぴょんと飛び跳ねた。

一方で稔は、健太郎から借りた黒いランドセルを背負って、不安そうだ。

「稔くん、皆稔くんと同じくらいの子どもだから怖くないからね」

鈴は心配になって声をかける。

ここへ来てから、彼はほとんどの時間を鈴にひっついて過ごしていた。長く離れるのは初めてだ。

「このおばちゃんは、私のお母さんだから学校で困ったことがあったら、言えばいいからね。担任の先生も優しい人みたいだから、大丈夫だよ」

あれこれ話をするけれど、彼はうんともすんとも言わなかった。

「お母さん……」

このまま送り出して大丈夫だろうかと思い鈴は母を見る。

稔は、学校へ行くことを武尊から聞かされて、一応は納得していた。でも、日仔のように楽しみにしているという状態でないのはたしかだ。

それでもこうしてランドセルを背負っているのは、父親の武尊に言われたからだろう。なんだか、学校へ行くことを提案したのが申し訳ないくらいだった。

「……とにかく行ってみようか。いきなりクラスが無理そうなら、保健室で付き添うし、それも無理そうなら電話するから、鈴が迎えにきてあげて」

「じゃあ、お願い」

無理はさせないで電話してくれるという母の言葉に、鈴は少し安心してふたりを送り出すことにした。

「日仔ちゃん、稔くん、いってらっしゃい」

「早く早く！」

日仔に引っ張られるようにして、三人は橋を渡っていった。

学校にいる母から電話があったのは、午前十一時ごろのことだった。いつもなら掃除が終わり祖母の見舞いに行く時間だ。でも鈴は今日は行けないと祖母に連絡を入れて家にいた。

学校から連絡が入るかもしれないと思ったからだ。

やはりという思いで電話を取った鈴に、母はまず学校でのふたりの様子を教えてくれた。

日仔はすぐにクラスに馴染んだようだ。休み時間も元気いっぱい校庭を走り回っていたという。

だが稔のほうは、その逆だった。怯えた様子で席に座り、クラスメイトが話しかけてもうつむいて、返事もしない。それでも二時間目まではなんとか教室にいたものの、二十分休みに、消しゴムの飛ばし合戦をしていた男の子たちの消しゴムが頭に当たって泣き出したのだという。

もちろん、男の子たちはすぐに謝ったが泣きやまず、それどころか帰りたいと言い出したとのことだ。今は保健室にいるので、迎えにきてあげてはどうかと母が言う。

その話に、鈴の胸はギュッとなった。

教室の隅で小さくなっていた昔の自分と稔の姿が重なる。

鈴も学校では同じような思いをした。あのころのつらい気持ちが蘇り、いてもたってもいられなくなる。銭湯の仕事を太郎と次郎に任せて、いぬがみ湯を飛び出した。

ほとんど走るようにして学校を目指す。校門の前で息が切れて足を止めると、校庭で、一年生が体育の授業をしているのが目に入った。

「そっち！　ボールいったよー！」

「やー！」

「日仔ちゃん、すごーい！」

ドッジボールのようだ。活発な日仔は運動神経もいいようで、すでに戦力になっている。

とりあえず彼女に関しては心配なさそうだと安堵して、鈴は稔が待っているという保健室に向かう。扉を開けると、彼は椅子にちょこんと座っていた。

「ああ、鈴ちゃん、こんにちは。稔くんよかったわね。お迎えが来たよ」

顔見知りの保健室の先生が優しく彼に声をかけた。

「こんにちは。ありがとうございます」

鈴は彼女に断ってから、稔の前に屈みこんだ。

「稔くん、よく頑張ったね」

両手で小さくなっている肩を掴み声をかけると、目にみるみる涙が溜まっていき、ぽろぽろと溢れた。

学校にいたのは三時間だが、きっと彼にとっては長く感じたことだろう。本当はすぐにでも帰りたかったはずなのに、二十分休みまで本当によく頑張ったと鈴は思う。

「あらあら、安心したようね」

先生の言葉を聞きながら、思わず鈴は彼を抱きしめた。

「帰ろう」

けれど彼は、鈴の腕の中で、首をふりふりとした。

「でも、父上さまが……修行だからしっかりやれって……。僕、ちゃんとした神さまにならなくちゃダメだから」

その言葉に鈴の胸は締めつけられた。

まだこんなに小さいのに、神さまになるのだという使命感を持っている。そのために苦手なこともやろうとする、その姿がいじらしい。

日仔については、学校へ行かせてよかったといえるだろう。

でも同じ神さまでも個性があるのだから、それぞれに合った方法でやるべきだ。神さま修行なんだからどうしても学校に行かなければならないなんてことはないだろう。

「日仔はできてるのに……僕……」

「日仔ちゃんには、学校が合っていただけだよ。稔くんには稔くんに合った方法があるはず。何がいいか一緒に探そうね」

本心からそう言うと、彼は鈴をジッと見つめる。そしてようやく頷いた。

「いぬがみ湯に戻ったら、お昼ご飯食べようね」

先生に挨拶をして手を繋いで学校を出る。道すがら、鈴は彼に自分自身の話をする。

「私もね、実はクラスにいるのは苦手だったんだ」

「……鈴ちゃんも?」

稔が鈴を見上げた。

「うん。お友達と仲よくしてねなんて言われたけど、何を話せばいいかわからなかったもん。だからいつもひとりぼっちだったな」

すると稔は「そうなんだ」とつぶやいてから、しばらく考えて口を開いた。

「……いきなり大きな声で話す子と廊下を走っている子がいて、怖かった」

「そっか、そうだよね」

そんな話をしているうちに、郵便局の前の三叉路に差しかかる。ちょうど商店街のほうから、いぬがみ湯の常連客がやってきた。年配の女性客だ。鈴と稔を見てにっこりと笑った。

「あら、鈴ちゃん、稔くん、こんにちは」

「こんにちは」

稔は、今日は鈴の後ろに隠れずに、小さな声で「こんにちは」と挨拶した。

この二週間あまりの間に、挨拶をされたら応えるものだと理解したようだ。さらに彼女は毎日顔を合わせる相手だから少し慣れていたのだろう。

「散歩？　日仔ちゃんは？」

「学校にいます。私たちは先に帰るところで……」

そんな話をしていると、常連客が手にしているエコバッグの端からみかんがひとつ転がり落ちる。

みかんは、そのまま坂道を商店街のほうへコロコロと転がっていく。

「あ」

稔が小さな声をあげて鈴の手をぱっと離す。身軽な動きで転がるみかんをつかまえた。戻ってきて、常連客に差し出した。

「はい」

「あら、ありがとうございます」

彼女が嬉しそうにお礼を言った。

「稔くんに拾ってもらったみかん、なんだかありがたい気がするわね」

そう言って彼女はみかんを大事そうにバッグにしまう。そして別のみかんを取り出した。

「はい、これはお礼」

差し出されたみかんを、稔は驚いたように見て、鈴を振り返る。

受け取っていいものかどうかわからないのだろう。

鈴がにっこり笑って頷くと、彼はみかんを受け取って嬉しそうにした。

「よかったね」

声をかけると、目を輝かせてこくんと頷くのが可愛らしい。

その様子に、これでいいのでは?という思いが鈴の胸に浮かんだ。

学校に行かなくても彼は彼のペースで人と関われば、それでいいのではないだろうか?

稔は極端に怖がりで口数も少ないが、とても優しいところがある。

鈴と一緒に番台に座っていて、入浴客が賽銭箱に入れようとした入湯料が床に落ちると、必ずひょいと飛び降りて拾ってやる。転げ回り、壁にぶつかったたててを助け起こしてやるのも彼だった。

外へ行き無理やり人と関わらせなくても、毎日番台に座りちょっとした手伝いをするだけで、神さま修行になっているのかもしれない。

常連客と別れてまた歩き出して、いぬがみ湯を目指しながら鈴は彼に話をする。

「稔くん、さっきはカッコよかったよ。お年寄りは速く走れないし屈むのもやっとって人もいるから、今みたいに落としたものを拾ってもらえるのはすごく助かるのよ」

すると彼は驚いたように鈴を見る。

「あれだけで？」

「そう。だって、さっきのおばさんすごく嬉しそうだったでしょう？　稔くん、毎日番台にいるときも小銭を拾ってくれるでしょう？　あれすごく助かるんだ。小銭ってすぐにどっかいっちゃうでしょ？　冷蔵庫の下に入ってってたら動かすの大変なんだから」

本心からそう言うと、彼は頬を染めて嬉しそうにする。そして少し大きな声を出した。

「じゃあ、僕、ずっと番台に座る。鈴ちゃんのお手伝いする！」

「うん、よろしくね」

日仔は日仔のやり方で、稔は稔のやり方で神さま修行をすればいい。双子だからって同じ方法でなくてもいいだろう。

明日からは学校へは日仔だけ行かせるようにしよう。

稔の笑顔を見つめながら、鈴はそう心に決める。だが、そうはいかなかった。

ふたりがいぬがみ湯の玄関扉を開けると、武尊が階段を下りてくるところだった。

午前中のこの時間に起きているのは珍しいが、タオルを手にしているということは大浴場へ向かうのだ。

「武尊さま、おはようございます」

鈴が声をかけると、彼は足を止めて首を傾げる。

「あれ、稔。お前学校に行ったんじゃなかったの？」

鈴の手を握る稔の手に力がこもった。

慌てて鈴は、稔の代わりに説明する。

「今日は少し早めに切り上げました」

「早めに？　なんで？　日仔は？」

「日仔ちゃんは、たぶん午後までいると思います。稔くんは少し先に下校を」

鈴はわざと曖昧に言う。

でも武尊はそれで事情を察したようだ。少し険しい表情になった。

「さてはお前、人間が怖くて帰ってきたんだな」

鈴ではなく、稔に向かって言う。うつむいて答えない稔に、武尊が舌打ちをした。

「なっさけねー。そんなんでどうするんだよ。天下の日本武尊の息子が。将来はでっかい神社をいくつも任せようと思ってるのに、これじゃ先が思いやられる」

父親からのきつい言葉に稔が唇を噛んでいた。繋いだ手が震えているのを感じる。

鈴はたまらない気持ちになって、思わず口を挟んだ。

「初めての場所ですし、知らない人がたくさんいますので、すぐに馴染めなくて仕方がないと思います」

「だけど日仔はうまくやってるんだろ？」

「それは……。なんにでも積極的な日仔ちゃんには学校が合うというだけです。人間の子のための場所ですから、稔くんに合わなくても仕方ありません」

鈴は必死になって、稔が悪いわけでないと説明する。

「稔くんには、稔くんの……」

「あー、もういいよ、なんでも！　とにかく稔には無理だったたって話だろ。いいよいいよ、好きにしてくれ。日仔だけでも修行できてるならそれでいい」

そう言って武尊はタオルを肩にかけて大浴場のほうへ歩いていった。追いかけることもできずに鈴はその場に立ち尽くす。

「……く」

稔が何かをつぶやいた。

「……稔くん？」

「僕、明日も学校へ行く」

「稔くん……。だけど」

行きたいはずなんかないのに、彼がそんなことを言うのは武尊の言葉が原因だ。日仔と比べられたからかもしれない。

父親に失望されたくないのだろう。

その気持ちもまた、鈴には身に覚えのあることだった。

学校へ行きたい日なんかなかったけど、それを母に言うことはできなかった。母にがっかりされたくなかったから。

また小さなころの自分と、目の前の稔が重なって鈴の胸は痛んだ。

「鈴ちゃん、ドリンクここに置いとくよ」

玄関から声がかかり、てててと一緒に床を拭いていた鈴は顔を上げる。

酒屋の配達だ。

「はーい！　ありがとうございます」

答えながら、鈴は番台の置き時計に目をやる。

時刻は午前十時半。

もう少ししたら学校から連絡が入るはず。それまでに拭き掃除を終わらせて、ドリンク補充を済ませて、稔のための昼ご飯を準備して……。頭の中でそう段取りをした。

双子が初登校した日から四日が過ぎた。

稔は毎日、日仔とともに学校へ行く。黒いランドセルを重そうに背負って。

母の話だとまったく慣れる様子はないそうだが、それでも毎朝時間になるとランドセルを背負って二階から下りてくるのだ。

行きたいわけではないだろうに、父親の武尊の期待に応えようとする彼の気持ちを思うと切なかった。

親子の関係に鈴が口出しするわけにはいかないけれど、少しでも彼の力になりたいと思い毎朝鈴はふたりと一緒に学校まで行く。そして毎日このくらいの時間になると学校から連絡が入るため、迎えに行くのだ。

いつでも迎えに行けるように鈴は宿の仕事を前倒しで終わらせて、電話が鳴るのを待っている。双子の世話と女将業で、てんてこまいだった。

「うん、ピカピカになったね。今日はこれでおしまいにしようか。ありがとう」

まわりのててたちにそう言って、鈴が立ち上がりかけたとき、くらりとめまいを感じて身体のバランスを崩してしまった。

「鈴！」

あと少しで床に激突するところを、白妙に抱き留められる。

「しろさま」

「鈴、大丈夫か？」

白妙が、心配そうに眉を寄せた。

何度か瞬きをしているうちに、視界がはっきりとしてくる。身体を起こしながら鈴は頷いた。

「ありがとうございます。もう大丈夫です。ただの立ちくらみですから」

でも白妙は納得しなかった。

「だが顔色が悪い。疲れているのだろう。頑張りすぎだ、鈴。双子の世話もいぬがみ湯の仕事も全部やっていたら倒れてしまう。武尊には私が話をつけるから、双子の世話からは手を引きなさい」

「でも……」

彼が自分のために言ってくれているのはわかっているが、鈴は素直に頷けない。

口ごもる鈴に、白妙が厳しい表情になった。

「鈴が、女将として頑張りたいのは知っている。その気持ちは大事だが、私にとっては鈴が一番大切だ。このまま鈴が、倒れるのを見過ごすわけにはいかない」

女将として頑張りたい。

その気持ちがあるのもたしかだ。でもそれだけではないと鈴は思う。

今鈴を動かしているのは、頑張る稔への思いだった。

今ここで鈴が手を引いたら、彼は自信を失ったまま、もしかしたら人を嫌いになってしまうかもしれない。

どうしてもそれは避けたかった。

鈴だって、何をやってもダメだと思いこんでいたけれど、今はこうして好きな仕事ができている。大切な人たちに囲まれている。

稔がそうなれるために自分にできることがあるなら、少しくらい身体がつらくてもかまわない。そんなことはどうでもいい。

「鈴？」

黙りこむ鈴に、なおも白妙が何かを言おうとした、そのとき。

じりりりり、と番台の上の黒い電話が鳴る。鈴は弾かれたように立ち上がった。

「あ、学校からの電話だ。しろさま、失礼します」

ついた。
背中に呼びかける白妙の声を無視して、鈴は番台へ向かう。後ろで白妙がため息を
「鈴！」

玄関のほうで物音がしたことに気がついて、和室で寝ていた鈴はゆっくりと目を開く。まだ部屋は真っ暗だ。隣で寝ている白妙を起こさぬように、そっと布団を出た。

和室を出ると、玄関で武尊がブーツを脱いでいる。夜遊びから帰ってきたのだろう。

「おかえりなさいませ」

声をかけると、彼は振り返り意外そうな表情になった。

「お出迎え？　珍しいじゃん。あーわかった。鈴ちゃんも俺と遊びたくなっちゃったんだろ」

酔っ払っているのだろう。酒の匂いをさせた彼は、ふざけてそんなことを言う。

普段は何時に帰るかわからない彼を起きて待っていることはしない。でも今夜はどうしても彼に言いたいことがあって、起きてきたのだ。

内容は他でもない、稔のことだった。

「稔くんのことでお話がありまして、お帰りをお待ちしておりました」

用件を口にすると、武尊が笑いを引っこめてどかっと床に座る。つまらなそうに髪

をかき上げた。

「……何？」

鈴も床に膝をついて、彼に訴える。

「稔くん、毎日学校に行ってるんです。……本当は行きたくないはずなのに。きっと、武尊さまに認められたいからなんだと思います。すごく頑張っていて、立派だと思います。でも毎日つらそうにしてるのが、かわいそうで……。その頑張りを、褒めてあげてくれませんか？」

親子のことに口出しするべきではないと思っていても言わずにはいられなかった。神さまになるための道筋は、きっと楽しいことばかりではないのだろう。だとしても、せめてもう少し寄り添ってあげてほしい。そしたら、彼の心境も変わるかもしれない。

「めんどくせ」

武尊が舌打ちをした。

「じゃあもういいよ。神さま修行は日仔だけで。日仔はうまくやってるんだろ？　稔はもうおしまい。どうせ修行なんて思いつきで言っただけだったし」

そう言って顔を背ける。その言動に鈴は思わず声をあげた。

「そんな……！」

そんなのあんまりだ、と鈴は思う。

思いつきだろうがなんだろうが、もう修行は始めてしまったのだ。ここで稔だけやめてしまったら、彼は完全に自信を失ってしまうだろう。

「そんなこと言わないでください。稔くん頑張っているんです。学校が合っていないだけです！」

相手が神さまだということも忘れて、少し強い言葉で鈴は彼に訴えた。

それぞれの個性は変えられなくても、見方ややり方を変えればうまくいくことを、鈴はよく知っている。

つい最近まで人が苦手だった鈴が、今こうしていられるのは、できないことを嘆くのをやめて、自分のいいところに目を向けるようにしたからだ。

でもそれは自分ひとりでできたわけではない。白妙がありのままの鈴を肯定して、鈴の思いに寄り添ってくれたからなのだ。

「もう少し、稔くんに寄り添ってあげてください。稔くんのいいところを見てあげて、そしたら……つっ!?」

なおも言いつのる鈴は、唐突に手首を掴まれて口を閉じた。そのままぐいっと引っ張られて、武尊の腕の中に抱きこまれる。

いきなりのことに、鈴は声を出すこともできなかった。

武尊がにやりと嫌な笑みを浮かべる。

「鈴ちゃんって、そこまで俺たちのことを考えてくれてるんだ。優しいね」

彼から感じる強いアルコールの香り、すぐ近くで自分を見つめる鋭い視線に、怖くて身体がまったく動かない。

逃げ出したくても強い力で押さえこまれていて無理だった。

「そこまで鈴ちゃんが頼むならそうしてやってもいいけど。その代わり、俺のことも双子と同じようにかまってよ。そしたら考えてあげてもいいよ」

男性とこんなに接近したことのない鈴の身体がガタガタと震え出す。

「わ、私……」

——そのとき。

「鈴に触れるなと言ったはずだ」

聞き覚えのある声がして、びゅっと強い風が吹く。

ダンッという大きな音とともに、鈴は武尊の腕から解放される。武尊が番台に打ちつけられてうめき声をあげた。ふたりの間に白妙が立っていた。

白妙が、武尊の腕から鈴を引き離し、彼を吹き飛ばしたのだ。

「いってえ……！　くそっ！　何すんだよ！」

頭を押さえて武尊が悪態をついた。

「無体な真似をするなら今すぐ帰ってもらおう。お前は、この山には、出入り禁止だ」

そう言い放つ白妙を武尊が睨む。

「おい、お前誰に向かって言ってるんだ？　神としては、俺はお前より格上だ。第一ここでは俺は客だ」

「鈴に手を出そうとする奴は客でもなんでもない。さっさと出ていけ」

「はっ！　そんなに鈴ちゃんが大事なのかよ」

武尊が鼻を鳴らした。

「だけどおかしいじゃないか。聞いたぜ、肝心のお前がまだ手を出していないんだろう？　どういうことだ？　百戦錬磨の白妙さまが！　散々女神たちを食い散らかしていたくせに！」

馬鹿にしたように挑発する。

その言葉に鈴の胸がどきりとする。いつかの日に鈴が喋ってしまったことだ。

一方で白妙は、「鈴に……？」と眉を寄せて、鈴のほうを振り返る。

鈴は咄嗟に目を伏せた。

彼の目を見る勇気がなかった。彼がなんと答えるのか、聞きたいような、でも聞くのが怖いような。

白妙が、武尊に向き直って口を開いた。

「鈴と彼女たちは違うからだ」

その言葉に鈴は胸をえぐられたような心地がする。

今まで付き合ってきた女性たちと鈴を同じように見ることはできないということだ。

薄々気がついていたこととはいえ、はっきり彼の口から聞くと、想像以上の衝撃だった。

「やっぱりな」

武尊がせせら笑う。

「結婚と遊びは別だって？　なら鈴ちゃんが他の男と遊ぶのをお前に止める権利はない」

「そんなことは言っていない。お前と一緒にするな。とにかく今すぐに出ていってもらおう。出ていかぬなら、力ずくで追い出すまでだ」

低い声でそう言って白妙が右手を上げる。身体が薄い緑色に光り出した。

本気だ。

「しろさま！　やめてください！」

考えるより先に、鈴は彼の背中に抱きついた。

「お願いです」

「鈴……？」

白妙が振り返り、戸惑うように鈴を見る。

その間に、白妙の背後で、武尊が立ち上がった。

「ったく、なんなんだよ、この宿は。やってらんねー」

ぼやきながら、二階へ上がっていった。

「鈴、どうして止めた？　私はもう黙っていられない。これ以上あいつを泊めるのは反対だ」

白妙が鈴の両肩を掴み、いつになく真剣な表情で鈴を問い詰めた。

「今すぐに追い出せ」

「でも、このまま武尊さまを追い返したら宿の評判が落ちてしまいます。稔くんの修行も中途半端なのに……」

かぶりを振って鈴は彼に訴えた。

「宿より稔の修行より私は鈴が大切だ。何かあったらどうするんだ？」

その言葉に、鈴は言いようのない寂しさを感じる。

まるで自分の頑張りを否定されたような気分だった。

鈴がこんなにも宿のことに一生懸命になっているのは、鈴自身が女将として成長したいからであるのはたしかだが、白妙と早く結婚したいからでもある。

それなのに、追い出せだなんて。

彼が鈴のことを誰よりも大切に思ってくれているという嬉しいはずのその言葉にさえ、反発を覚えた。

――本当の意味でのお嫁さまにするつもりはないくせに！

頭の中でもうひとりの自分が叫ぶのを聞きながら、鈴は反射的に言い返す。

「私は宿が大切です！　しろさまは黙っていてください」

白妙が満月色の目を見開いて、困惑したようにつぶやいた。

「鈴？」

心の中がぐちゃぐちゃだった。

地主神である彼に反抗するなんて、絶対に許されないとわかっている。でも止まらなかった。

「宿のことは私が決めます。し、しろさまは黙っていてください」

彼は鈴を大切に思ってくれている。でもそれは鈴が望むような形ではない。たった今、確定したばかりのつらい事実が鈴の心を切り裂いた。

つらいけれど、どうしようもないことなのだろう。

それを変えられないなら、鈴にできることはただひとつ、女将の仕事を頑張ることだけ。そして一人前になって、たとえ形だけだとしても彼の嫁になることだ。

「女将は私です」

言い切った途端、涙が頬を伝う。頭の中がジンと痺れて、胸が熱くて苦しかった。

白妙はそんな鈴に、しばらく沈黙していたが、やがて諦めたように息を吐いて目を閉じた。

「……わかった。だが、奴とはふたりきりになるな。とくに夜は、絶対に部屋から出ないように。戻るぞ」

そう言ってこちらに背を向け、和室へ戻っていく。

「わかりました」

鈴は小さな声で答えて、その背中を追った。


学校からの帰り道を、鈴は稔と手を繋いで歩いている。

稔はうつむき、しょんぼりとしていた。毎日この調子だ。今日こそは、と思って登校したのに、結局今日もダメだったという罪悪感に襲われるのだろう。

鈴には、彼の気持ちが痛いほどよくわかった。

だから毎日この時間は、彼を元気づけるために、できるだけ学校とは関係ない話をするようにしている。

てててたちとの笑ってしまうやり取りや、駄菓子屋に新しく入荷したおもちゃの話……

でも今日は、自分も気分が沈んでいて、ろくな話ができなかった。

「今日のお昼ご飯は、稔くんの好きなコロッケだからね」

そう言うのが精一杯だ。言うまでもなく白妙との出来事が原因だ。

あれから数日、夜は彼と一緒に過ごしているものの、昼間はほとんど口をきかないという状態が続いている。いつもは番台に鈴が座ると、ちょくちょく現れて客との会話に加わるのに、それもまったくなくなった。

当然だ、と鈴は思う。

危ういところを助けてもらったのに、あんな態度をとったのだから。

きっと呆れられてしまったのだろう。ひょっとしたらもう嫌われてしまって、お嫁さんにしてもらえないかも……

「今日は、銭湯はお休みの日？」

浮かない気持ちで歩いていた鈴は、稔に尋ねられてハッとする。

気持ちを切り替えて頷いた。

「うん、水曜日だからね」

「そっかぁ」

稔が少し残念そうにつぶやいた。

その姿に、鈴は少し励まされたような気持ちになる。

彼が鈴と一緒に番台に座るのは続いていて、今はそれだけでなく細々とした手伝いをしてくれるようになった。

ドリンクを手渡したり、少し歩くのがおぼつかない年寄りに手を繋いで付き添ったりと大活躍だ。その都度、鈴は彼を褒め、客たちもありがたいと感謝する。

『神さまが、人間の手伝いをするなんて、情けない。できそこないの神さまよ！』

日仔はそう言って、稔を馬鹿にするが、それでも稔はやめなかった。皆に『ありがとう』と感謝されるのが嬉しいのだ。

学校に馴染めなくとも、それで十分だと鈴は思う。でもそれを鈴が言ったところでどうしようもないのがもどかしかった。

「稔くんが手伝ってくれるから、私、毎日大助かりだよ。また明日からお手伝いよろしくね」

それでも稔に自信を持ってもらいたくて心から鈴は言う。

稔が、頬を染めてこくんと頷いた。

「鈴ちゃん、稔くん！」

公民館の前までやってきたふたりは、誰かに呼び止められる。公民館の窓から、いぬがみ湯の常連客がふたりを呼んでいた。

「散歩かい？」

「ええ、まぁ……」

鈴が曖昧に答えると、彼はにっこりと稔に笑いかける。

「こんにちは、稔くん」

「こんにちは」

稔もしっかりと答えた。

「今日は何かの集まりですか?」

彼のいる部屋の中には、たくさんの人がいる気配がする。わいわいと何やら楽しそうだ。

「囲碁クラブだよ。クラブっていってもただ集まってお喋りしたり、自由に対局したりするだけだけど。ちょっと寄っていかないかい? おやつがあるよ」

そういえば、佐藤がそんなことを言っていたと鈴は思い出す。

「どうする? 稔くん。ほとんど知ってる人ばかりだと思うよ」

いぬがみ湯に帰っても、鈴のそばにいるだけでは彼の気分は晴れないだろう。ここでおやつでも食べれば少し気分が変わるかもしれない。

無理強いをするつもりはなかったが、稔は少し考えてからこくんと頷いた。

公民館に入り、靴を脱ぐと中にいた年寄りたちから声があがる。

「鈴ちゃん、稔くんじゃないか!」

「いらっしゃい、稔くん」

「おやつ食べるかい？　稔くんの好きなみかんもあるよ」

「ジュースは何にする？」

その歓迎ぶりに、鈴は少し驚いて、同時にとても嬉しくなる。

ふたりがいぬがみ湯に来たばかりのころは、どちらかというと日仔のほうが目立っていて可愛がられていたように思う。

稔は鈴の後ろに隠れてばかりいたからだ。でも番台の仕事を手伝ううちに、いつの間にか大人気になっていたのだろう。

皆、にこにこして稔を見ている。

「寒いだろ、ストーブの近くにおいで」

座布団に座らせてもらい、みかんを握った稔がパチンパチンと碁石を打つ年寄りを見て首を傾げた。

「あれ、休憩処でもやってる」

いぬがみ湯の休憩処で、風呂上がりに年寄りがやっていることを言っているのだ。

「囲碁だよ、稔くん。やってみるかい？　やり方をおしえてあげよう」

すると驚いたことに彼は素直に頷いて、碁盤の前に座った。そして熱心にルールの説明を聞いている。

「鈴ちゃんもいろいろやることがあるだろう。先に帰ったらどうだい？　あとでわしが送り届けるから」

「でも、稔くんお昼まだなんです」

「大丈夫、大丈夫。皆弁当を持ってきてるから。稔くんが食べるくらいはなんとでもなるよ。な、稔くん？」

稔が顔を上げこくんと頷く。そしてまた碁盤に視線を落とした。

その彼の行動に鈴はまたしても驚いた。

学校にいるとき以外は鈴と離れたがらない彼が、ひとりで囲碁クラブに参加するなんて、正直言って少し心配だ。だけど熱心に囲碁の説明を聞いている真剣な眼差しに、大丈夫かもしれないと思い頭を下げる。

「じゃあ、お願いします。何かあったら連絡してくださいね」

鈴は彼を囲碁クラブに任せることにした。


結局、稔が常連客に連れられていぬがみ湯に帰ってきたのは、日が落ちるころだった。

日仔が下校してからも帰ってこず、様子を見に行ってみようかと玄関を出たところ、常連客と手を繋いで橋を渡ってくる姿が見えた。

鈴はホッと息をつく。

「おじさん、ありがとうございます。稔くんおかえり、楽しかった？」

「うん」

稔は頬を真っ赤にして目がキラキラと輝いている。聞かなくても、楽しかったと顔に書いてある。

「鈴ちゃん、稔くん筋がいいよ。ルールはすぐに覚えたし、今日一日だけでかなり上達した。皆、稔くんと対局したくてね。遅くなって悪かったよ」

「そうなんですね。稔くん、すごい！　囲碁って難しいでしょう？」

鈴が声をかけると、彼はすかさず答える。

「難しいからおもしろい」

「ははは！　よくわかってるじゃないか。さすがは稔くんだ。そうだ、難しいからおもしろいんだ。どうだい？　明日からもクラブに参加してみては。わしら毎日公民館に集まっているが、毎日同じ顔ぶれだから刺激がなくてちょっと退屈だったんだよ。だから今日は、本当に楽しかった。いつもは昼前に帰る人も、さっきまでいたくらいなんだから」

「明日も？　それは……」

思いがけない誘いに、鈴は言葉に詰まるが、稔はすぐに口を開いた。

「僕、行きたい」

彼の言葉に鈴は目を見開く。

「稔くん」

「父上さまは、学校に行くかどうかは、どっちでもいいとおっしゃった。だったら囲碁クラブに参加してもいいでしょう？」

「うん、たぶん……」

「じゃあ僕、学校じゃなくて囲碁クラブに行きたい！」

真っすぐに鈴を見て、はっきりと自分の意思を示した稔に、鈴の胸が熱くなった。目の前がじわりと滲むのを感じて慌てて瞬きをする。

「ははは、じゃあ、明日も待ってるよ。お菓子をたくさん用意して待っているからね」

そう言って帰っていく常連客を稔と手を繋ぎ見送る。

「じゃあ明日からは、お弁当を作るね」

稔が鈴を見てニコッと笑う。その瞳が夕日を映してキラキラ輝いていた。

次の日から、稔は鈴が作ったお弁当を持って、毎日囲碁クラブに通うようになった。

朝十時ごろに、公民館へ送り届けると、一日そこで過ごし、夕方日仔の下校に合わせて帰ってくる。念のため、寂しがるようならいつでも連絡してほしいと鈴はクラブの年寄りに告げていたが、電話が鳴ることはなかった。

『おじいさんばっかりの場所なんて、何が楽しいのかさっぱりわからない！』

日仔にはそう言われるが、稔はまったく気にならないようだった。

鈴の手を引いて公民館へ向かう彼のしっかりとした足取りは、頼もしさすら感じるくらいだった。

夜は鈴と一緒に番台に座り手伝いをしてくれるのは相変わらず。でも少しだけ変わったところがあって……

大浴場の見回りをして脱衣所から出てきた鈴の耳に、笑い声が飛びこんでくる。

「こりゃ、やられた！　悔しいなぁ」

「山田さん、もう稔くんには太刀打ちできないな」

休憩処で盛り上がる年寄りたちだ。その中心にいるのは稔だった。

稔と一緒に番台に座っていると、暖簾《のれん》をくぐった入浴客から声がかかるようになった。

『稔くん、こんばんは。どうだい？　今夜も一局』

すると彼は嬉しそうに頷いて、ぴょこんと番台を下りて、休憩処へ行く。そして今みたいに対局に加わることが増えたのだ。

彼と対局したいという客が順番待ちをしているときもあるくらいだった。

囲碁づけの毎日だが、稔はまったく飽きる様子もなく、それどころか暇があれば、図書館から借りてきた囲碁の本を読んでいる。

「すっかりここの名物だねえ。稔くんと対局するのが楽しみで、わしはここへ来るんだよ」

そんな言葉まで聞こえてきて、鈴の胸は温かくなる。鈴にひっついて離れなかったころが嘘みたいだ。

そこへ白妙が男湯の暖簾《のれん》をくぐり現れた。

「盛り上がってるな。近ごろは、皆タイル画の私より、稔に夢中のようだ」

そんな冗談を言いながら、笑い声のあがる囲碁の集まりに歩み寄る。

「これは白妙さま。うるさくして申し訳ありません」

年寄りの言葉に、彼は首を横に振った。

「いいや、あまりに楽しそうで出てきてしまっただけだよ。そのまま続けてくれ」

朗《ほが》らかに答えて、鈴のところへやってくる。また囲碁に戻る彼らを見て微笑んだ。

「どうなることやらと思ったが、すっかりここに馴染んだな」

「はい、よかったです」

久しぶりに白妙と言葉を交わすことに気まずさを覚えながらも、鈴は答える。

「人間を嫌いにならないでくれて、本当によかった」

心底そう思う。

人間は、乱暴なところやずるいところがあるもので、神である稔に怖いと思われても仕方がない。でも、優しいところや楽しいところもある。それを知ってもらえたのが、嬉しかった。

微笑み稔を見つめる鈴の頭に、大きくてあたたかい手が触れる。視線を上げると、白妙が柔らかい笑顔を浮かべていた。

「稔は、小さいころの鈴を彷彿とさせる子だ。だから鈴は放っておけなかったのだろう？　なんとかしたいと思っていただけなのに、私はひどいことを言ったな」

「しろさま……」

「よく頑張ったね、鈴。さすがは私の鈴だ」

『さすがは私の鈴』というういつもの言葉と、いつもの優しい眼差しに、鈴の視界がじわりと滲む。あっという間に、涙が溢れて頬を伝った。

ひどいことを言ったのは鈴のほうなのに、相変わらず彼は大きな愛で包んでくれる。つまらない意地を張っていた自分はなんて馬鹿なんだろう。

彼の愛が、たとえ自分と同じ種類のものでなくても、それでも愛には変わりない。それでいいじゃないかという気持ちで胸がいっぱいになる。ふたりの気持ちの間に温度差があるのだとしても大切に想い合っていることには変わりないのだから。

「しろさま……。私、ごめんなさい……！」

人目も憚らず泣き出してしまった鈴を、白妙が慌てて抱き寄せる。

「ああ、鈴。悩んでいたんだな、すまなかった。つらかっただろう」

「私が、私が悪かったんです……」

ふたりの様子に客たちが気がついた。

「あれー！　白妙さま、鈴ちゃん泣いてるじゃないの。何をしたんですか？」

「いや、その……」

「ダメですよぅ、大事な子を泣かしちゃ。いったい何をしたんです？」

「ああ、私は何も……いや何もしていないわけじゃないんだが……」

このままでは鈴の涙は白妙のせいということになってしまう。早く泣きやまなくてはと思うのに、涙はなかなか止まらなかった。

「しっかり冷やさないと、腫れてしまう」

日付が変わったころ、番台裏の和室で布団の上に座る鈴の目に、白妙が濡れたタオルを当てている。

「鈴はせっかく綺麗な目をしているのに。私のせいで……」

「もう大丈夫です、しろさま。それよりあんなところで泣いてしまってごめんなさい」

鈴は眉尻を下げた。

仕事中に鈴が泣き出してしまったのを見て、まわりは心配し今日はもう仕事をあがってはどうかと勧めた。でも仕事を途中で放り出したくなかった鈴はなんとか最後までやりきった。

そして、ようやく白妙とふたりきりになった。

彼はいつものように狼の姿にはならずに、人の姿のまま濡れたタオルを手に和室で鈴を待っていたというわけである。

「本当はあのときすぐに冷やすべきだったんだけど、鈴が仕事を続けたいと言うから」

心配そうに言って、タオルをちゃぶ台に置く。鈴の瞼に優しく親指で触れた。

「意地を張ってごめんなさい。私、強情で……」

「いや、強情なのは鈴のいいところだよ。稔もそれに救われた。誰がなんと言おうとも鈴が彼に寄り添ったから、稔はああして人と交われるようになったんだ」

その言葉に、鈴のほうが救われたような気持ちになる。彼はいつもこうやって鈴を見守り肯定してくれた。彼がいたからこそ今の自分がある。

「だが今の鈴は、稔のこと以外にも何か悩みがあるように見える。つらいことがあるなら言ってごらん」

白妙が心配そうに眉を寄せた。

「鈴が思い悩んでいるのを見ているのはつらい。心配ごとがあるなら、私に相談してほしい。私たちは夫婦になるのだから」

彼が口にした『夫婦』という言葉に、鈴はまた泣きそうになってしまう。唇に、力をこめてから思い切って口を開いた。

「しろさま。私、しろさまのお嫁さまになりたいです。しろさまのことが大好きです」

少し的外れのようでもある鈴の言葉に、白妙は一瞬驚いたような表情になるが、すぐににっこりと笑って大きな手で鈴の髪を優しく撫でた。

「私もだよ、鈴」

「だからこそ、早く女将として一人前になりたいんです」

「うん、頑張っているのは私もよくわかっている」

彼の穏やかな笑顔に鈴はまた泣きそうになる。

膝の上の手をきゅっと握り、鈴はここのところ悩まされ続けていたあのことを口にした。

「それが、たとえ……たとえ、本当の意味でのお嫁さまじゃなくても……私はそれでも、しろさまのお嫁さまになりた……」

「ちょっと待って鈴」

勢いこむ鈴の言葉を、白妙が遮った。

「本当の意味での嫁ではない、というのは、いったいどういうことだ?」

心底わからないというように問いかけられて、鈴はうつむく。

こんなことを、自分で口にするのはつらいけれど、言わなくては伝わらない。

「しろさまは、私のことを女性として見られないのでしょう? 大切に思ってくださってはいますけど、妹か娘のように思っているのではないですか?」

言い切ってから鈴はギュッと目を閉じる。

いったい彼がどんな表情をしているのか怖くて顔を上げられない。

その鈴の腕を、白妙が掴んだ。驚いて目を開くと、彼の腕の中に抱きこまれていた。

「しろさ……」

「私が鈴のことを、女として見ていないって? いったい誰がそんな嘘を鈴に吹きこんだんだ?」

「え? えーと……」

いきなりの急接近に、鈴の鼓動は飛び跳ねる。今にも唇が触れてしまいそうな距離で見つめられて、少し混乱する中、なんとか考えを巡らせる。

「……武尊さまに。半年も付き合っているのに……その……な、何もないのは変だって言われて。きっと私のことは妹のような存在だからだろうって」

とりあえず、律子の名前は伏せて鈴は答える。

白妙が舌打ちをした。

「あいつ、勝手なことを」

「でもしろさまは、たくさんの女神さまと付き合ってきたのでしょう？　それなのに、私には……その……。そんなの絶対に変だって言われました。しろさまは、恋愛と結婚は別だっていう考えなんだって」

「鈴、武尊の言うことを本気にしてはいけない。奴と私は違う」

きっぱりと白妙は言い切るが、鈴はまだ納得できなかった。

「でも、しろさまも、私と女神さまたちは違うとおっしゃったじゃないですか」

「鈴と女神たちが……ああ、あのときか。あれはそういう意味ではない」

そう言って白妙がため息をついた。

「困ったな」とつぶやく彼に、じゃあどういう意味ですかと聞き返す気になれずに鈴は口を噤む。

はっきりそうだと言ってくれれば、それを受け止める覚悟はできていた。それなのにあくまでもしらを切り通す彼に、どうしていいかわからなくなる。

「本当のことを言ってくだされぱいいのに……」

口を尖らせてつぶやいたそのとき、顎を優しく掴まれる。その手に促されるままに上を向くと、いつもとは少し違う彼の視線がそこにあった。獰猛な野生の狼を思わせるその目に、鈴は小さく震える。

「あ」

思わず掠れた声が漏れた。

「私が、鈴のことをどういう意味で愛おしく思うのか、教えてやろう」

「しろさ……んっ」

言いかけた鈴の言葉は、そのまま彼の口の中に消えていく。

——いつもよりはるかに深い口づけに、鈴のうなじがチリリと痺れた。

彼の浴衣をギュッと握り、初めての甘い衝撃を受け止める。

ぼんやりとする視線の先で、白妙が湿った唇をぺろりと舐めて、低い声で問いかけた。

「これでわかったか？　私が鈴をどういう意味で愛おしく思っているのかを」

「わ……わかりました」

息も絶え絶えになりながら掠れた声で鈴は答える。

白妙が、にっこりと微笑んだ。

「よろしい」

そしてまた真剣な表情になり、眉を寄せた。

「鈴は、私の過去のことを気にしていたんだな。……かわいそうなことをした。たしかに私は、鈴が生まれる前は、女神たちとそれなりの付き合いがあった。誘われれば応じていたが、どれも深く心を通わせることのないその場だけの関係だ。彼女たちと鈴は違うと私が言ったのはそういう意味だよ」

「あ……」

自分がまったく逆の方向に勘違いしていたことをようやく鈴は悟る。

「ごめんなさい、私」

「いや、わかってくれればそれでいい。そのように鈴が勘違いするのも今思えば納得だ。私は意識して、鈴にそういうことをしなかった。今のような口づけをしたことはなかっただろう？」

さっきの口づけを思い出し、鈴の頬は熱くなる。たしかに、今までとはまったく違う、その先を感じさせるものだった。

白妙が額と額をくっつけて、至近距離から鈴を見つめる。

「何もないのが変だと言われたという話だが、何かあるということは、さっきの口づけなどの比ではなく、もっと深く触れ合うということだ。その覚悟が鈴にはあるのか？」

また、狼を思わせる色を帯びた視線に、鈴の胸はドキンとする。

――目の前の彼と、もっと深く愛し合う。

さっきの口づけだけでもあんなに胸が高鳴って心が震えて怖いくらいだったのに、これ以上のことをするなんて、今の鈴にはできそうにない。

「ま、まだ無理そうです……」

素直な言葉を口にすると、白妙が噴き出した。そのまま肩を揺らして笑っている。

「やはりな」

「も、申し訳ありませんっ！」

慌てて鈴は謝った。何もないことが不安だと不満をぶつけたくせに、今すぐそうなる勇気はないなんて、なんて我儘《わがまま》なんだろう。

白妙が笑いながら首を横に振った。

「いや、謝らなくていい。わかっていたよ。私はその鈴の気持ちを大切にしたいんだ。だからこそ、ゆっくり進めようと思っていた」

そう言って彼は、鈴の額にキスを落とした。

「武尊に言ったように、私にとって鈴は他の女子たちとは違うんだ。こんなにも愛おしく思うのは、鈴が初めてだからね。小さいころからずっと私は鈴のやることに口出しをしなかった。それが鈴にとっていいことだと思ったからだ。だから見守ることには慣れていたはずなのに……少し調子が狂ってしまうな」

　そう言って、少し困ったように肩をすくめた。その彼と調子が狂うという言葉に、鈴はもうひとつ心に引っかかっていたことを思い出す。

　思わずそのまま口にする。

「でもしろさまは、いつも通りに思えました。私、それも少し寂しかったんです……」

　白妙が瞬きをして鈴を見ている。鈴の言葉がわかりづらかったのだろう。

　もうここまできたらすべて話してしまうべきだと鈴は思った。

「私……私なんて、しろさまが近くにいるだけで、ドキドキして仕事もしっかりできなくなるくらいなんです。それなのに、しろさまは平気そうっていうか、いつも通りっていうか……それがすごく寂しかったんです」

　白妙が目を細める。

「いつも通りか、たしかにそうだな。何せ私は鈴が生まれたときに、嫁にすると決めたんだ。鈴を愛おしく思うのが、いつも通りの私だ。もう二十年経つのだから」

　ふたりの間には、たしかに違いがあったけれど、それは互いを想っていた時間の長さだった。

そのことに気がついて、鈴の胸は温かい幸せな気持ちでいっぱいになっていく。思っていたよりもずっと大きくて深い愛に包まれていたということだ。

「しろさま、大好きです」

心を満たしている素直な言葉を口にして、鈴は目の前の彼の胸に抱きついた。人の姿の白妙に、自分から抱きつくなんて普段の鈴ならできないけれど、今はどうしてもこうしたい気分だった。

白妙がうーんと唸る。

「やっぱり人の姿でこうしていると、妙な気分になってしまう」

明後日のほうを向いて、白妙は何やらぶつぶつ言っている。その意味を深く考えることなく、しじら織の浴衣に頬ずりをすると、彼は再びうーんと唸った。

「これは相当な忍耐が必要だ。私は何かに試されているのだろうか。いやしかし、この際だから……」

背中に回されていた白妙の手が、すすすと鈴のパジャマの裾に移動する。

鈴に視線を戻してにっこりと微笑んだ。

「鈴、せっかくだから今夜はもう少し先へ進もうか」

「え⁉　で、でもしろさま、さっきは私の気持ちを待つって……」

「もちろん最後まではしない。鈴は明日も女将の仕事があるからね。でもちょうど待つだけでは何も進まないなと思っていたところだったんだ」

白妙の手が、パジャマの中に侵入する。もう一方の手は、あろうことか第一ボタンを外そうとしている。

「し、しろさま……！」

「鈴はいい子だから、まわりからの言葉を信じてしまうだろう？　だから誰に何を言われても鈴が私に愛されているとしっかり実感できるようにしなくては」

「だ、だけど……！」

――そのとき。

「鈴ちゃーん！」

声とともにガラリと戸が開く。ギョッとして振り返ると稔が立っていた。

慌てて鈴は白妙の腕から抜け出した。あられもない姿をよりによって子どもに見られてしまうなんてと青くなる。

「み、稔くん⁉」

だが、幸いにして彼は、寝ぼけているようだ。目を擦りながらふらふらと鈴の布団へやってきて、こてんと横になりそのまま寝息を立て出した。

唖然としながらも、鈴はホッと息をつく。白妙がこちらを見ていることに気がついて目を逸らした。

「えーと……。困りましたね。でも気持ちよさそうに寝てるから部屋へ連れていくのもかわいそうな気がするし……」

もごもご言うと、彼はくっくっと肩を揺らして笑い、眠る稔に布団をかけ自分もごろんと横になった。

「まぁ、今夜はこのくらいにしておこう。だけどこれからは、私は夜も狼の姿にはならないことにするよ」

第四章　日仔の修行

祖母が女将をしていたころから使っている年季の入った業務用の冷蔵庫。そこへ酒屋が持ってきたドリンクをぴったりと綺麗に並べていく。いぬがみ湯の仕事の中でも鈴が好きな仕事のひとつだ。

ラインナップは基本的には変わらない。でも仕入れる量が少し増えた。

鈴が女将になってから、今までの常連客に加えて、若い家族連れの入浴客が少し増えたからだ。

「お嫁さま、大浴場のほうはすべての準備が整いましてございます」

蛙沢が渡り廊下をぴょんぴょんとこちらへやってくる。

「お疲れさまです、蛙沢さん。少し休憩してください」

鈴は冷蔵庫の扉をパタンと閉じて彼に答えた。

時刻は午後二時、あと二時間したら開店だ。番台のほうも客を迎える準備は整ったから、たいていこのタイミングで開店までひと息入れる。もう少ししたら、双子が学校と囲碁クラブから帰ってくる。鈴も休憩しながらふたりを待つことにする。

と、その前に、鈴は少し声を落として蛙沢に尋ねた。

「……武尊さまは？」

「まだお休みになっておられます。今日は帰ってこられたのが明るくなってからでしたから」

「そう、なら起きられるのはきっと夕方ね」

武尊に押さえつけられるという一件があってから、たとえ彼が寝ているであろう時間でも鈴はひとりで客室へは行かないようにしている。それは、白妙と約束したからでもあるが、やっぱりまだ怖いからだ。

「武尊さま、毎日飲みに行かれるけどお身体は大丈夫なのかな」

眉を寄せてつぶやいた。

いくら神さまでも毎夜酒ばかり飲んでいては、体調を崩すのではないだろうか。彼個人は決して好きなタイプではないけれど、双子の父親なのだ。倒れられたりしては困る。

「最近ではキャバクラには少し飽きて、いろいろなお店を渡り歩いたり、そのあたりの稲荷神社などを冷やかしたりしていらっしゃるようで……」

「そういえば赤暖簾《あかのれん》にもちょくちょく顔を出されるってりっちゃんが言ってたな」

言いながら鈴は釈然としない気持ちだった。

赤暖簾《あかのれん》で食べるなら、いぬがみ湯で双子と一緒に食べてくれればいいのに。ここへ来てから双子と武尊はほとんど一緒に食事をしていない。

「元々、派手好きな方ではありますが、少しやけになられているようですね」

別に心配そうでもなくケロッとして蛙沢が言う。

ためらいながら鈴は尋ねた。

「やけになられている……それは奥さまが、家出しているから？」

宿泊客のプライベートに踏みこむなんて、あまりよくないこととわかっている。ましてや相手は神さまだ。でも、武尊親子がいぬがみ湯に来て一ヶ月以上が経つ。あの家族はいったいどうなるのだろうと、少し不安になっていた。

「でしょうね、ああ見えて武尊さまは、奥さまにぞっこんだという話でしたから。奥さまの不在がこたえているのでしょう。私には理解できないことですが」

同情する様子もなく蛙沢が言った。

「そうなの。武尊さまの奥さまってどういう方か蛙沢さんはご存知なんですか？」

「直接は存じ上げません。なんでも付喪神《つくもがみ》さまという話ですが」

「付喪神さま……」

付喪神は、古いものに宿る神だ。神さまには違いないが、神社で祀られる類の神さまではない。派手好きな武尊の妻としてはなんだか意外な気がした。

「一時的な不在とご本人はおっしゃっておられましたが、そう思っているのは武尊さまだけではないでしょうか。相手はもう帰ってこないつもりだったりして」

相変わらずケロッとして酷い言葉を口にする蛙沢に、鈴は眉を寄せる。

「帰ってこないって……そんな」

「ですが夫婦別れなんて、神さま同士でもよくあることでございます。案外皆さま節操がないですからね。それでは私は、休憩をいただきます」

ぺこりと頭を下げて、蛙沢はぴょこぴょこと、大浴場のほうへ去っていった。休憩時間になると彼はたいてい風呂に入ってぷかぷかと浮かんでいる。蛙は本来は冬眠するべき時期だからしょっちゅう湯に浸からないと、身体が動かなくなってしまうのだ。

「夫婦別れ」

つぶやいて鈴はため息をついた。

夫婦にはいろいろあるのだからうまくいかなくなることもあるだろう。正直言ってキャバクラ三昧だったあの武尊なら、女性としては別れたくなるのもわからなくはない。

でも大人の事情に振り回されている双子が心配だった。

浮かない気持ちで自分も休憩を取ろうと和室の扉を開けた鈴は、ぐいっと腕を引かれる。目を白黒させているうちに中へ引きこまれた。

「きゃっ……！」

「しっ！　声をあげてはいけないよ。太郎と次郎に気づかれてしまう」

低い声で囁いて、白妙は部屋の外をキョロキョロと見てから、スパイのような動きで素早く戸を閉めた。

そして鈴を抱き寄せる。

「やっとふたりきりになれた」

そう言って、鈴の頬に瞼にキスを落とす。鈴は慌てて目の前の彼の合わせに手をついた。

「し、しろさま、ダメです」

「どうして？　鈴は早く私の嫁になりたいと言ったじゃないか。なら女将修業と同時に私のお嫁さんになる修業も進めなくては」

「だけど」

甘い刺激に心臓が飛び出しそうになりながら鈴はジタバタするが、優しく自分を包んでいるように見える彼の腕はびくともしなかった。

鈴が彼の気持ちを誤解するという一件があってから、彼はたびたびこうやって鈴に触れるようになった。べたべたするのは相変わらず、でもほんの少し以前とは違っていて……

「鈴、大好きだよ」

満月色の瞳にジッと見つめられて、鈴はぴたりと動きを止める。野の狼を思わせるその視線に見られると、どうしてか抵抗できなくなってしまう。もちろんそれは心の底から嫌だと思っているわけではないからだが……

抵抗をやめた鈴の唇に、白妙がそっと口づけを落とした。

「――だいぶ慣れたみたいだな」

長くて深い口づけのあと、ぼんやりとしてしまっていた鈴は、その言葉にハッとする。頬を膨らませて彼を睨んだ。

「困ります。私、仕事中なのに……」

仲直りをしたあの夜から、鈴はこうやって少し自分の気持ちを彼に伝えることにしている。言葉足らずが、悲しいすれ違いを生むことを身をもって実感したからだ。

「こういうことは、……その、夜に……」

目を伏せて鈴は言う。

本当は、夜だって困る。

仲直りした日の言葉通り、彼は夜も狼にはならずに人の姿のまま、鈴の仕事が終わるのを待っている。

『鈴、これはお嫁さん修業だ』

そう言ってこんなふうに振る舞うのだから鈴は寝るどころの話ではない。

当然鈴は、狼の姿になってほしいとそれとなく頼むのだが彼はにこにこするばかりだった。

そんなこんなでここのところ鈴は少々眠れない夜を過ごしている。

「夜ももちろんこうするが、夜は稔が邪魔をしにくるじゃないか」

白妙が口を尖らせた。

あの日から夜中になると寝ぼけて稔が部屋へやってくるようになった。寝ぼけたままやってきて鈴にくっついて眠る。それが可愛くて、つい朝までそのまま一緒に寝てしまうのだが。

……でもよく考えてみれば、あれは母親を恋しく思っての行動かもしれない……

そんなことが頭に浮かび、鈴が考えこんでいると。

「鈴？　どうかした？」

白妙に尋ねられて、ハッとして頭を切り替えた。

「なんでもありません。とにかく仕事中は少し困ります。もしも誰かに見られたりしたら、宿の評判にも関わりますし」

「だけど私たちはもうすぐ夫婦になるのだし、少しくらい、いちゃいちゃしてても皆なんとも思わないよ」

まったく改めるつもりはなさそうな白妙に、鈴は頬を膨らませた。

「ふ、夫婦になるのなら、私はいぬがみ湯の女将ですから、白妙さまはいぬがみ湯の主人ということになります。なら宿のことを……」

「主人？」

と、そこで白妙に聞き返されて口を閉じる。そしてしまったと思い口を押さえた。

彼はこの地の地主神で大切に祀られるべき存在だ。それは鈴と夫婦になろうとも変わることはない。いぬがみ湯の主人になるなんて、とんでもない話だった。

慌てて鈴は訂正する。

「申し訳ありません。私勢いで変なことを言ってしまいました。しろさまは地主神さまなのに……」

でも彼は特に気にする様子もなく、口に手を当てて考えこんでいる。なぜか少し嬉しそうだ。

「主人……そうか。主人、ご主人さま。鈴のご主人さま……いい響きだ。宿の手伝いをすれば、鈴にそう呼んでもらえるのだろうか」

「あのーしろさま？」

意外な彼の反応に、鈴がそう問いかけたとき。

――わーん！

外から泣き声が聞こえてくる。鈴は番台へ続く戸を振り返った。聞き覚えのあるこの泣き声は、おそらく稔だ。

「しろさま、私ちょっと様子を見てきます」

まだぶつぶつ言っている白妙に声をかけてから、鈴は部屋を出た。


稔は前庭で泣いていた。膝をついているところを見ると転《こ》けたのだろう。隣で日仔が腕を組み、彼を睨んでいる。

「どうしたの？　大丈夫？」

鈴はかけ寄り彼を助け起こす。

「転《こ》けちゃったの？」

すると彼は泣きながら日仔を指差した。

「日仔が押したんだぁ！」

日仔が不貞腐れた様子で口を開いた。

「稔が嘘を言うからよ。神さまは嘘ついちゃいけないのに」

「嘘じゃないやい！　囲碁はおもしろいもん」

「嘘！　ちっともおもしろくない！」

ふたりのやり取りを聞くうちに、鈴にもなんとなく事情が見えてきた。

　ここのところ稔が囲碁に夢中なのをなぜか日仔は不満に思っているようで、事あるごとに、何がおもしろいのかと突っかかる。見かねて鈴がそれとなく注意しても聞く耳を持たなかった。

　稔は普段は黙ってやり過ごしているのだが、今日は我慢できなかったのだろう。言い返して反撃されてしまったのだろう。

「囲碁がおもしろいと感じるかどうかは、それぞれだよ、日仔ちゃん。稔くんが嘘をついているわけじゃない。それにどんな場合でも押したりしたらダメ」

　なるべく優しく鈴は日仔に言い聞かせる。

　すると彼女は不満そうに鈴を睨んだ。

「何よ、人間のくせに。私に指図するつもり？」

「指図ってわけじゃ……あ、日仔ちゃん！」

　彼女は鈴の話を聞かずに、さっさと建物の中へ入っていく。ぴしゃりと閉まる扉を見つめて鈴はため息をついた。

『人間のくせに』は、最近彼女がよく口にする言葉だった。

　それこそ囲碁について稔を攻撃しているのを注意すると、必ずそう言って鈴の話を聞かずに去っていってしまう。

「稔くん、大丈夫？　……怪我はしていないようね。中に入ろうか」

鈴が稔に声をかけると、彼はすんすんと鼻を鳴らして立ち上がる。

「今日は楽しかった？」

気分を変えるために、稔の服についた砂をぽんぽんと叩きながら尋ねると、彼は頬の涙を拭いてからニコッと笑った。

「うん、今日はね、林《はやし》さんが来たんだよ」

「へえ、けんちゃんのお父さんが」

林さんとは健太郎の父親だ。林造園の職人だが、クラブに遊びに行ったということは、今日は休みだったのだろう。

「林さん将棋はするけど、囲碁はしたことがないんだって。だけど僕がクラブにいるって聞いて、来てくれたんだよ」

嬉しそうに稔が言う。囲碁クラブは以前から年寄りの憩いの場ではあったが、最近人気急上昇中だという。いうまでもなく稔が参加しているからだ。

彼と対局すると、勝っても負けても幸せな気持ちになると評判になっている。

「僕が林さんにルールを教えたんだ」

得意そうに言う稔に、鈴は頬を緩めた。

「そう。だけど今日覚えたばかりじゃ、稔くんには太刀打ちできないね」

「うん、でも僕、コテンパンにしたりしてないよ。今日初めてやるんだから、まずは囲碁を好きになってもらいたいもん。今度お礼に、林さんが将棋を教えてくれるって！」

「ふふふ、よかったね」

言いながら鈴は複雑な気持ちになる。双子とはいえ、別の人格なのだから性格が違うのは当然だ。どちらがいいということはないだろう。でも稔のこの優しさが、もう少し日仔にあればいいのにと思わずにはいられなかった。

建物の中に入ると、玄関にはプリントがあっちこっちに散らばっている。日仔が学校からもらってきたものだ。

授業中にやったテストや先生から家庭へのお知らせは、毎日必ず鈴に見せるようにとお願いしてある。成績を見るわけではないけれど、下校時間や給食の有無を把握したいからだ。いつもは、手渡してくれるのだが、今は機嫌が悪いから放り投げて行ったのだろう。

「日仔、いらいらしてる」

ランドセルを下ろして靴を脱ぎながら稔がつぶやいた。

「いつもはあんなんじゃないのに」

その言葉に、鈴はここへ来たばかりのころの彼女を思い出す。たしかに少し活発すぎるところはあったけれど、好奇心に目をキラキラさせていて、何をしても楽しそうにしていた。それが今では、少し乱暴な振る舞いが目立つ。

「お家では、もっと優しいんだよね」

「うん、僕ができないことは、たいてい日仔がやってくれるんだ」

「そう……」

頷いて鈴はプリントを確認しながら拾い集める。

給食費の引き落としのお知らせや、授業参観の日程表の中に、彼女が描いた絵日記が混ざっている。

『わたしのすきなこと』というタイトルの絵日記には、ボールを投げる日仔の姿が大きく描かれていた。

《わたしはドッジボールがだいすきです。ボールをおもいっきりなげると、とてもきもちいいです》

絵の下には、一ヶ月前からひらがなを習い始めたばかりとは思えないほどしっかりとした字で自分の思いが書いてある。初日からクラスメイトに交じりドッジボールをしていた彼女の姿を思い出し、鈴は笑みを浮かべた。

でも日記の端に赤いペンで書いてある先生からのメッセージを読んで複雑な気持ちになった。

《ボールをなげるひのこちゃんはカッコいい！　もうすっかりクラスのリーダーです

ね》

彼女の成績については、何かを言える立場にはない鈴だけれど、一応こういうものには目を通していた。

テストもプリントも彼女はたいてい満点で絵日記や先生のメッセージからもクラスに馴染み元気にやっている様子が窺えた。だから日仔の神さま修行に関しては、うまくいっていると安心していたけれど……

絵日記を見つめたまま、鈴は最近のいぬがみ湯での彼女の様子を思い浮かべた。

以前のように走り回ったりはしていないが、囲碁をする稔に突っかかったり、勝手にジュースを飲んだり、お菓子のゴミを散らかしたり、声をかける客たちにぞんざいな口をきいたりと、やりたい放題である。

以前は可愛いと寄ってきていた客たちも、今はどこか彼女を避けるようになっていた。何より鈴が気がかりなのは、ことあるごとに『人間のくせに』と口にすることだ。

――人間に慣れるのはいいことだと思っていたけれど……

稔のほうは人が怖いと泣いていたから、慣れてほしいと一生懸命心を砕いた。

一方で日仔は怖いと泣くことはなかったからそれでいいと思っていた。

でもこんなふうに人を馬鹿にするようになったのは、あまりいいこととは思えない。

ここへ来ていた神さまたちは、人に敬われる立場ではあるものの、それを自ら誇示したりすることはなかった。おそらくそれが、神としてのあるべき姿なのだろう。

今の日仔は、少し違う方向へいってしまっているような気がした。

白妙にも言われた通り、稔はどこか小さいころの自分と重なるところがあった。だから、彼の気持ちに寄り添えたのだと改めて思う。

鈴にとって彼女のような明るく活発な子は、何を考えているのかよくわからないというのが本音だ。どう接するのが正解なのだろうか。

ため息をついて鈴は立ち上がった。


その日の夜、仕事を終えて番台裏の和室へ行くと、白妙は狼の姿で待っていた。

「しろさま！」

久しぶりの狼の姿に嬉しくなって、鈴は思わず声をあげ、真っ白なふわふわに抱きついた。腕を回して顔を埋めると大好きな香りに包まれる。目を閉じると日中の疲れがあっという間に溶けていく。

「鈴が喜ぶのは私も嬉しいが、これについては複雑だね」

「どうして狼の姿になってくださったんですか？」

顔を上げて問いかけると、彼はにっこりと笑った。

「私は鈴の主人になるのだからな。たまには、いぬがみ湯の女将である鈴の疲れを癒すことに専念しようと思ったのだよ」

その言葉に鈴は昼間に口走ってしまったあの話だと思い当たる。

慌てて口を開いた。

「あれは……違います、しろさま。あの話は本気にしないでください。失礼なことを言って申し訳ありませんでした」

「いいや鈴。鈴の言うことは一理ある。私は佳代とは夫婦ではなかったから、今まで宿のことにはあまり興味はなかったけれど、鈴とは夫婦になるのだから宿のことも考えるべきだろう」

「でも……」

「一生懸命頑張る鈴を支えられるなら、いぬがみ湯の主人をするのも悪くない、そう思ったのだよ。何より、鈴の主人という響きが気に入った」

機嫌よく言う彼に、鈴は唖然としてしまう。温泉宿を営む神さまなど聞いたことがない。

けれどそれ以上反論しなかった。彼がものすごく嬉しそうだからだ。彼が本心から望むならその通りにするべきだし、実際に仕事をしてもらわなければ、問題ないだろう。

「な、ならいいですが」

鈴は布団に潜りこみ、隣に寝そべる白妙に再び抱きついた。目を閉じようとすると白妙に頬を鼻で突かれた。

「また何か、気になることがあるのだな。頬に力が入っている」

小さなころから鈴のことを見守ってくれていた彼は、なんでもお見通しなのだ。

鈴はしばらく考えた。

鈴が今気になっているのは、言うまでもなく日仔のことだ。今夜の彼女はずっと機嫌が悪かった。

夜ご飯を食べたくないと箸をつけず、あとになってお腹が空いたと騒ぎ出した。それでいて食事を出すとおかずが気に入らず文句ばかり言っていた。

どうするべきかわからずに、鈴は困ってしまったのだ。

本当ならこんなこと、彼に相談するべきではない。元々は彼の反対を押し切って鈴が始めたことなのだから。

——でも。

『夫婦になるのだから』

彼がくれた温かい言葉を思い浮かべて、鈴は口を開く。

「神さまの修行って、普通は何をするものなんでしょうか」

問いかけると、それだけで彼には、鈴の言いたいことが伝わったようだ。

「日仔のことだな」

「しろさまは、神さまになるために、何かされました？」

「いいや、特には何も。ただ猪吉《いのきち》が神だ神だと勝手に言い出しただけだよ」

そういえばそうだったと、鈴は天河村の成り立ちを思い出す。そもそも彼は、神になる気などなかったわけだ。

ならばと鈴は質問をかえてみる。

「じゃあ、神さまに必要なものってなんだと思いますか？」

神になる気などなかったとしても、彼は今は地主神として村人たちに慕われ敬われている。のんびりしているように見えて、立派な神さまだ。その彼が言うことならば、日仔の助けになるかもしれないと思ったのだが……。

「そんなものは特にないな、私はただのんびりとしているだけだ。日仔は……まぁ、まだ子どもなのだし、そのうちなんとかなるだろう」

「……」

鈴は少しがっかりする。

白妙は、大きな災害などからは村を守ってくれるが、村人たちの個人的な願いごとには基本的にノータッチ。それでも不思議と尊敬され、好かれているのだ。

その彼と日仔は、同じ神さまでもタイプが違うような気がする。日仔の修行の参考にはならないだろう。

……それにしても、と鈴は思う。

白妙の、こののんびりしたところは、鈴の大好きなところではある。話を聞いてもらうだけでなんとかなるといつもは思うけれど、子どものこととなるとそうはいかないだろう。

子どもたちにとっては毎日が学びの時間なのだ。柔らかい頭の持ち主でもあるけれど繊細で、傷つきやすくもある。

『なんとかなる』では済まないと思う。

こんなことでは、鈴と白妙の子が生まれたときの子育てはどうなることかと、鈴は少し心配になる。

なんといってもふたりの子は、半分神さまなのに……

とそこまで考えて、鈴は自分自身にびっくりする。ふたりの子の子育て……なんてことを自然と思い浮かべてしまったからだ。以前ならそんなことは考えもしなかったのに……

そんな自分が恥ずかしくて、鈴は目の前の白いふわふわに顔を埋める。白妙とお嫁さま修業をしているうちに、少しずつ心持ちが変わってきているということだろうか。

それにしても、ふたりの子なんて……！

「ぐっ、す、鈴？　どうかしたのか？」

少し苦しそうな白妙からの問いかけに、鈴はハッとする。知らず知らずのうちに、きつくしがみついていたようだ。

「な、なんでもないです。申し訳ありません……」

もごもご言って腕を緩めた。

白妙が、鈴の頬を鼻でつつく。

「私には日仔のことは、いまひとつわからない。が、鈴には私以外にも、鈴を見守ってくれる者たちがいるはずだ。その者たちはいつも鈴の助けになりたいと思っている」

「私の助けに……」

つぶやくと鈴の頭にある人物の顔が浮かぶ。たしかにそうだ。女将をやり始めたときはあまりまわりには頼れなかったけれど、今は、たくさんの人たちが鈴のそばにいる。もう一度、相談してみようと思う。

「はい、しろさま。ありがとうございます」

白妙が目を細めた。

「さぁ、もう遅い。今日はもうおやすみ、とはいっても、もうすぐ稔が来るころかな」

「はい……。おやすみなさい、しろさま」

布団を被り直し、真っ白なふわふわに頬を寄せた。大好きな香りに包まれて、鈴は心から安心する。

……けれどこれだけでは、少し物足りないような、不思議な思いが胸の中に芽生えるのを感じていた。

――しろさまに、昼間みたいに触れてほしい。狼の姿ではなく、人の姿で……

また、自分の心が少し変化している。

それを少しこそばゆく感じながら、鈴はゆっくり目を閉じた。


次の土曜日の午前中、双子を太郎と次郎に預けて鈴は実家を訪れた。

あらかじめ連絡しておいたから、母はリビングで鈴を迎えた。

まずは大きな保存容器を渡される。中には普通よりも小さく作ったコロッケがたくさん入っていた。

双子のためのものだ。ふたりの食事は赤暖簾《あかのれん》からの配達か、鈴が作ったお弁当だ。でも初日に食べた母のコロッケを彼らは気に入っていてしょっちゅう食べたがる。だからこうして作ってくれるようになったのだ。

鈴が小さいころも母はこうして食べやすいように、小さく丸くして作ってくれた。

そんなことを思い出して鈴は懐かしい気持ちになった。

「ありがとう。ふたりとも喜ぶよ」

「ふふふ、小さく作るのは久しぶり。なんだか懐かしかったわ」

「ごめんね、急に」

「大丈夫よ。それに、そろそろ来るころだと思っていた」

ダイニングに座る母の言葉に鈴は眉を寄せる。

白妙の言葉を聞いて、鈴が一番に思い浮かべたのは母だった。

日仔を学校へ通わせては?と提案してくれた彼女に、もう一度相談してみようと思ったのだ。

それにしても今の言葉は気になった。母は学校での日仔の様子を知っている。

「日仔ちゃんのことでしょう?」

「うん……。学校で、日仔ちゃんどんな様子?　担任の先生からのメッセージでは問題なく元気にやってるようなんだけど……」

鈴からの問いかけに母は困ったように微笑む。

「元気にやっているわ。お勉強はもう皆に追いついたし、授業中も積極的に手をあげているみたいよ。休み時間はたいてい校庭を走り回ってる」

鈴は日仔の絵日記を思い出した。

「ドッジボールが好きだって絵日記に書いてあった」

「そうそう、もうドッジボールでは右に出る子はいないみたいよ。チーム分けでは日仔ちゃんの取り合いになるんだから。この間なんて日仔ちゃんの活躍で二年生のチームに勝ったたって担任が喜んでいたわ」

「え？　二年生に？　すごい！」

鈴は心からそう言った。ドッジボールは鈴にとっては、苦手なスポーツのひとつだった。すぐに当たってしまうから、どちらかというと一緒のチームになるには、あまり喜ばれないメンバーだった。

彼女の活躍に、なんだか鈴まで得意な気持ちになる。

母がふふふと笑ってから、真剣な表情になった。

「だけどここのところ、ちょっと荒れているみたいね。暴力はないけれどお友達への言葉がきついみたい」

「やっぱり……」

母からの報告に鈴は眉を下げてつぶやいた。

あれだけ宿で好き放題しているのだ。学校で、まったく何もないわけがない。

「その都度担任が、注意してはいるんだけど、なかなか難しいみたい……」

困ったように母は言う。その表情に、鈴の頭に『人間のくせに』という最近の彼女の口ぐせが浮かんだ。もしあの言葉を学校でも言っているとしたら、若い女性の担任教師はお手上げだろう。

「お母さん、日仔ちゃんみたいな子には、どんなふうに接するべきだと思う？　うちでも稔くんやお客さんに、きつく言うんで困ってるの。どう言ったら聞いてくれるかな？」

するると母は、しばらく考えてから口を開いた。

「お母さんの経験から言うと、日仔ちゃんの場合は、彼女に言ってどうなるものでもないような気がするわ。もちろん悪いことをしたら注意する必要はあるけれど、それで根本的な解決にはならないような気がするのよ」

「根本的な解決にはならない……」

鈴がつぶやくと、母は頷いた。

「日仔ちゃんっていい子よね。好奇心旺盛で、何に対しても積極的。クラスの子も初日はびっくりして遠巻きに見てたんだけど、そんな彼らに自分から話しかけていった。すぐに仲よくなったのよ」

「うん。私も、ふたりが来たばかりのとき、初めどう接したらいいかわからなかったけど、日仔ちゃんがたくさん話しかけてくれて、それで仲よくなれたの」

「そういう子がね、少し荒れているように見えるときって、その子自身ではなく、ご家庭に問題を抱えていることが多いの」

少し言いにくそうに母は言う。

その指摘に、鈴は双子の母親と武尊のことを思い浮かべた。母親は少なくともひと月以上不在で、父親も夜遊びばかりしている。

神さまの家庭の常識はわからないけれど、人間の家庭だとしたら安定しているとは言いがたい。

「子どもって、すごく敏感なの。自分を取り巻く事情は言われなくてもしっかり感じ取っているものなのよ」

武尊の夜遊びや、母親が家出していることなどは、母に詳しく言っていないが、彼の行動は村中の人たちが知っている。父と子だけでいぬがみ湯に長く滞在していることからも察する部分があるのだろう。

「やっぱり寂しいのかな」

だとしたら、してあげられることは何もない、と鈴は思う。家庭のことや夫婦のことに口出しすることはできない。

「こういうときは、あまり本人にきつく言わないで、ただ寄り添って、受け止めてあげるしかないかな」

その言葉に、鈴は浮かない気持ちで頷く。初めていぬがみ湯に来た日の太陽のような日仔の笑顔が脳裏に浮かんだ。何もしてあげられないのがもどかしい。

「わかった、そうする」

頷く鈴に、母が微笑んだ。

「なんだか鈴、お母さんみたいね」

「え？　そう？」

「そうよ。こんなふうに真剣に日仔ちゃんのこと心配して。なんだかお母さん、孫ができた気分だわ。鈴は私より優しいお母さんになりそうね」

そう言って笑っている。

孫という言葉に、慌てて言い返した。

「ま、孫なんて！　き、気が早いよ、お母さん。第一、結婚に反対したのはお母さんじゃない」

「そうだけど。近ごろのあなたを見ていたら、ああ、近い将来こうなるのかなって思っちゃう」

「もう……」

母は、ふふふと笑って時計を見た。

「あ、お母さん、そろそろ出なくちゃ。おばあちゃんの着替えを持っていかなきゃいけないの。午前中の面会時間が終わっちゃう」

「そうなんだ。おばあちゃんに最近行けなくてごめんねって謝っておいて」

鈴は母と一緒に立ち上がる。ここのところ、双子のことにかかりきりで病院へはろくに顔を出せていなかった。

「大丈夫よ。おばあちゃん、鈴がしっかりやってるの喜んでるんだから。今度一時退院できそうなの。そしたらゆっくり会えるから」

そんな話をしながらふたりは家を出たのだった。


いぬがみ湯に帰ると、庭に日仔がいた。

蛙沢に向かってボールを投げている。ドッジボールをやっているようだ。

「ひー！　もうお許しを！」

「腕を広げて、胸のところで受け止めるのよ！　ほら！　あー、ゆっくり投げてるのに」

ボールは健太郎のお古だ。林造園の倉庫に眠っていたものを、ランドセルと一緒に借りてきた。どうやら彼女は建物の中では退屈のようだ。蛙沢を誘って外で遊んでいるのだろう。

「日仔ちゃん、ただいま」

声をかけると日仔は壁から跳ね返ってきたボールをキャッチして鈴を振り返る。けれど、何も答えなかった。

「ドッジボール、すごい上手になったんだってね。聞いたよ、この前二年生のチームに勝ったんだって？」

鈴はさっそく仕入れたての情報を口にした。すると彼女は驚いたように目を見開いて、ほんの少し頬を緩める。

でもすぐにツンとして答えた。

「どうして知ってるのよ」

「校長先生に聞いてきたの。チーム分けでは皆日仔ちゃんと一緒になりたいって、大人気なんだって？」

彼女はまた一瞬頬を緩める。そしてまたツンとした。

「人間が下手なのよ。……鈴ちゃんって、日仔にも興味があったんだ」

「え……？」

意外な言葉に鈴が答えられないでいるうちに、また蛙沢に向き直る。そして思い切りボールを投げた。

「ひえ！」

蛙沢が、ぴょーんと跳び上がってよけると、ボールは壁に当たり、テンテンと地面に転がった。

日仔はくるりとこちらに背を向けて、さっさと建物の中へ入っていく。

ぴしゃりと扉が閉まったと同時に蛙沢が胸を撫で下ろした。

「ああ、恐ろしかった……。くわばらくわばら。お嫁さま、ちょうどいいところにお帰りくださいました。ドッジボールの特訓をしてやると言われて引っ張り出されましたが、私は恐ろしくて恐ろしくて」

それに返事をすることもできずに、鈴はコロコロ転がる青いボールを見つめていた。

『日仔にも興味があったんだ』

彼女が発した言葉の意味を考えていた。


土曜日の夜は一週間のうちでいぬがみ湯が一番賑わうときだ。その日も午後六時を過ぎると、家族連れの客を中心にたくさんの人が訪れていた。

手を繋ぎ大浴場へ向かう父と子。

ジュースを選ぶ子どもたち。

その中でもひときわ盛り上がっているのは、休憩処の年寄りの集まりだ。その中心にいるのはもちろん稔だった。

「おー！　さすがだなぁ、稔くん」

番台に座り、その様子を微笑ましく見つめていた鈴は、複雑な気持ちで客室へ続く階段を振り返った。

武尊はもう夜の町へ出かけたから、今、日仔は二階にひとりでいる。

「鈴」

声をかけられて前を向くと、律子が暖簾《のれん》をくぐったところだった。今日は拓真を抱いた健太郎も一緒だ。

「りっちゃん、たっくん、こんばんは。けんちゃん、いらっしゃい」

三人は下駄箱に靴を入れて番台の近くへやってくる。

「けんちゃん、今日も赤暖簾《あかのれん》に行ったの？」

意外な思いで鈴は尋ねた。ここへ三人で来るときは、健太郎が仕事帰りに、赤暖簾《あかのれん》で夕食を取ったとき。でも土曜日の今日は、林造園は定休日だ。

「え⁉　うん、まぁ……赤暖簾《あかのれん》のおばさんの料理は、美味いから。一日一回は食べないと……」

どうしてか、少し慌てて彼は答える。

隣で律子が肩をすくめた。

「実家住みなんだから、夕食なんて黙ってても出てくるだろうに。ま、うちは助かるけどね」

「赤暖簾《あかのれん》の料理、美味しいもんね。私もできるなら毎日食べたい」

鈴がそう答えたとき、二階へ続く階段をトントンと日仔が下りてくる。

「あ、日仔ちゃん、こんばんは」

律子が声をかけるが、チラリと見ただけで日仔は何も言わなかった。そのまま、大浴場のほうへ向かいかけて、健太郎に肩をぶつけた。

「おっと」

「いったい！」

「あ、ごめん」

当たられた健太郎のほうが謝るが、彼女はぷいっと顔を背けてそのまま去っていく。その後ろ姿を見つめながら、律子がつぶやいた。

「荒れてるなぁ。……だけど、親があれじゃ仕方がないか」

母と同じようなことを言う律子に、鈴は思わず問いかける。

「それって、武尊さまのことだよね」

律子が、気まずそうに頷いた。

「まぁ、ね」

そして声を落とす。

「武尊さま、最近、赤暖簾《あかのれん》にもよく来られるって言ったじゃん。飲むだけならいいんだけど。何度も、遊びに行かないかって誘われてちょっと困ってる。気持ちのいい飲み方だから、店は助かるんだけどさ、そもそもまだ小さい子がいるのに、ああ頻繁じゃ……」

と、そこへ。

「さ、さ、誘われるって、お前がか？」

健太郎が大きな声で彼女の話を遮った。

「……そうだよ」

律子が怪訝な表情で答えてから、また鈴を見た。

「しつこくはないからいいんだけど、毎回だから……」

「まさか、お前、その誘いに乗ったりしてないだろうな？」

また健太郎が割って入る。

律子はうるさそうに彼を見た。

「乗るわけないじゃんか。私はそういうのはもうこりごりなんだ。だけどなんであんたにそんなこと言われなきゃならないのよ。私が誰と何をしようが勝手でしょ？」

「そ、それはそうだけど……。お前は拓真の母親じゃないか」

「……母親は恋愛しちゃいけないの？」

「いやそうじゃなくて、俺は幼なじみとしてお前を心配してるんだよ」

わかったようなわからないようなことを言う健太郎を、律子は胡散臭そうに見る。

「幼なじみ～？　あんた幼なじみの恋愛に口出しするの？」

「いや、そうじゃなくて……いや、そうなんだけど」

健太郎はもごもご言って口を閉じる。

よくわからない彼の言動に、三人の間に微妙な空気が流れた。健太郎がややわざとらしく拓真に向かって声をかける。

「拓真、母ちゃんたちの話は退屈だろう。早く風呂に入りたいよな？　今日は男風呂に入ろうか？　入りたい？　よし、行こう」

そう言って、律子から拓真の荷物を奪うように受け取って大浴場へ去っていった。

鈴と律子は顔を見合わせて首を傾げる。

「なんだ？　あいつ」

健太郎の様子も気になるが、鈴は今一番知りたいことを口にした。

「ねえ、りっちゃん。りっちゃんも日仔ちゃんが荒れてるのは武尊さまの行動が関係してると思う？」

律子が難しい表情になって頷いた。

「私はそう思う。まぁ、ただの予想なんだけど。……元夫の浮気が発覚して別れ話になったころ、拓真も荒れてた。よく泣いてたよ。もちろん小さいから事情なんてわかっていないだろうけど、何か感じ取ってるみたいだった。……実際あのころは私自身が荒れてたし。かわいそうなことをしたよ」

当時のことを思い出しているのだろう。彼女が憂うつそうにそう言って日仔が去っていったほうに視線を送った。

「もうあのくらいの年なら、事情はわかるだろうし、寂しいんじゃないかな。母親にもひと月以上会ってないんだろ？」

「……うん」

やっぱりそうなのだ、と鈴は落胆する。両親の問題で日仔が荒れているのなら、鈴がしてあげられることはなさそうだ。

「だけど、たっくんはりっちゃんがしっかりしていてよかったね。今はもう村になくてはならない存在だもんね」

気を取り直して鈴は言う。

律子が首を横に振った。

「拓真が安定したのは、私がしっかりしたからじゃない。私はまわりに恵まれてたんだよ」

「え？　まわりに？」

「そう。そりゃ、元夫ときっぱり別れて吹っ切れたから、私の気持ちが安定したっていうのもあるけど。村に帰ってきてからは、お母さんが一緒に子育てしてくれるし、鈴や健太郎が自分の子みたいに可愛がってくれるじゃん、ここに来れば、おばさんたちが面倒見てくれるし……ありがたいよ」

そう言って彼女は遠くを見るような目をした。

「片親でもそれだけで不幸だとは、私は思わない。私も父親はいなかったけど、そんなに寂しくなかったもん。小さなころは、鈴のお父さんにキャンプに連れていってもらったし、いたずらがバレたときは、健太郎の父さんにがっつり叱られたし」

「そういえば、そんなことあったね」

懐かしい思い出が蘇り、鈴は微笑む。

まだふたりが仲よしだったころの話だ。夏に赤暖簾《あかのれん》の店先で、水風船で遊んでいたとき、何を思ったか律子は駅前のロータリーに向かって水風船を投げ出したのだ。

慌てて鈴は止めたけれど、間に合わず通りかかった健太郎の父親の背中に命中した。

そして大目玉を食らったのだ。

鈴は大人しかったから、叱られることはなかったけれど、活発な彼女はあっちこっちで叱られていた。

鈴がくすくす笑っていると、休憩処からどっと声があがった。

「やった！　ついに勝った！」

稔が大きな声を出して両手を上げている。どうやらいつもは勝てない相手に勝利したようだ。まわりは手を叩いて大盛り上がりである。

その光景に、律子がふっと笑った。

「ほら、稔くんは大丈夫そうじゃん？」

そう言って、ポケットから小銭を出す。

「健太郎たちが出てきたら、拓真にジュース飲ませてやって。じゃあ、私も入ってくる」

「あ、うん。ごゆっくり」

頷いて鈴は彼女を見送った。

「次はわしとやろう、稔くん！」

盛り上がる休憩処を見つめながら、鈴は小銭をギュッと握る。

さっきの日仔の後ろ姿が脳裏にチラついて離れなかった。


週が明けた月曜日のお昼過ぎ、鈴はプリントを握り締めて小学校を目指して走っていた。五時間目に行われる日仔のクラスの授業参観へ行くためである。

もちろん鈴は彼女の保護者ではないから、本来は参加する立場にない。

保護者である武尊には、週末にタイミングを見て話をした。それなのに彼は時間になっても二階から下りてこなかったのだ。次郎に見にいってもらったところ、いびきをかいて寝ているという。たまらずに鈴は家を飛び出したというわけである。

これではあんまりだ、と鈴の胸は張り裂けそうだった。毎日学校へ通い勉強に遊びにと彼女は一生懸命頑張っている。それなのに、それを父親である武尊に見てもらえないなんて。

それに鈴の胸に引っかかっているのは、土曜日に庭で言われた言葉だった。

『日仔に興味あったんだ』

鈴では親の代わりにはなれない。母親がそばにいない寂しさを完全に埋めることもできないだろう。

でも彼女の寂しい気持ちに寄り添う誰かがそばにいたら、稔のように笑えていたかもしれないのだ。

鈴がもっと彼女に寄り添っていれば……！

校門の前まで来た鈴は、息が切れて一旦その場に立ち止まる。

校庭には誰もいない。もう五時間目は始まっているのだ。顎を伝う汗を作務衣の袖で拭い、鈴はまた走り出した。

昇降口から中へ入ると、静かな廊下に誰かが騒ぐ声が響いている。日仔の声だ。

「そんなのもわからないの？　馬鹿じゃない。これだから人間は！　こんなつまらない授業を観に来るなんて、あなたたちも馬鹿！」

刺々しい声で皆を罵っている。

土曜日に母から聞いた話では、授業中はちゃんと先生の話を聞いて、積極的に発言しているということだった。こんなふうに、騒いでいるとは言っていなかった。

それなのに、今この時間に暴言を吐いているのは、今日が授業参観だからだろう。彼女以外の児童の親は自分の子の様子を観にきている。その状況に、彼女は我慢ならないのだ。

胸が締めつけられるように痛かった。

鈴は急いで教室へ行く。

教室では、日仔ひとりだけが立ち上がり、担任教師を指差していた。

「どうしてこんな簡単な問題を出すのよ！　親が来てるから子どもにいいとこ見せるため？　甘やかしてるわ」

担任教師も観に来ている親たちも困り果てている。本当ならやめさせるべきことなのだが、村が歓迎すべき神さまである彼女に誰も厳しく注意できないからだ。

真っ赤に染まった頬で怒りをあらわにする日仔に、たまらない気持ちになって、鈴は教室に駆けこんだ。

「日仔ちゃん！」

机の間を彼女に向かって進み、そのまま腕に抱きしめる。

「日仔ちゃん、ごめんね！　日仔ちゃんだって寂しいよね。私、全然気がつかなかった。日仔ちゃん、しっかりしてるから、安心してたんだ。だけど、日仔ちゃんだって寂しいよね。ごめんね、ごめんね……！」

ありったけの心からの言葉を口にすると、鈴の目から涙が溢れる。

鈴の胸は申し訳ない気持ちでいっぱいだった。

はきはきと話をして、しっかりしているように思えても、抱きしめた身体はまだこんなにも小さい。母親と離れて父親に放っておかれている状況で、寂しくないわけがない。

そんなこともわからずに、勝手に彼女は大丈夫だと思いこんでいた。なんて馬鹿なんだろう。

稔ばかりに意識がいっている鈴を、彼女はどんな思いで見ていたのだろう。

まだこんなに幼いのに……！

涙が止まらない鈴に、日仔が戸惑ったように口を開いた。

「な、何よ。大人なのに泣いちゃって変なの。それに、日仔は別に……。別に……鈴ちゃんなんか……」

途中からひっひっとしゃくり上げ、最後まで言えなくなっていく。そしてついに、大きな声で泣き出した。

めた。

「わーん！　わーん！」

胸にひしっとしがみつき、大きな声で泣き続ける彼女を、鈴はしっかりと抱きしめた。


穏やかな午後の日差しの中、誰もいない校庭を眺めながら、ランドセルを背負った日仔と、鈴は手を繋いで校門を出る。

あのあと日仔は鈴の腕の中で大きな声で泣き続けた。とても授業どころじゃなくなったため、鈴は先生に断って今日は早退することにしたのである。教室を出てふたりきりになったからか、ひっくひっくというしゃっくりが少しだけマシになっている。

小さな手が鈴の手をしっかり握っている。

「授業参観、ドッジボールだったらよかったね。私、日仔ちゃんが活躍するところ見たいな。絵日記も上手に描けてたね」

校庭を振り返り、鈴は彼女に話をする。ドッジボールという言葉につられたように日仔は顔を上げた。

「実は私、日仔ちゃんくらいのころはドッジボール大の苦手だったんだ。当たるとすごく痛いでしょう？　だから怖くて怖くて……。頑張って逃げるんだけど、すぐに当たっちゃうんだ」

小学生のころを思い出して鈴は言う。休み時間は参加しなくても大丈夫だけれど、体育の時間はそういうわけにはいかないから、とにかく憂うつだった。

するると、日仔はつぶやいた。

「……逃げるからダメなのよ」

「え？　だけど逃げないと当たっちゃうじゃない？」

聞き返すと、日仔は言い切った。

「逃げないで、キャッチするの。どんなときもボールから目を離しちゃダメ」

頬にはまだ涙の跡は残っているけれど、しっかりとした言葉できっぱりと言う。いつもの調子が少し戻ってきたようだ。

鈴はホッとして頷いた。

「たしかに私、ボールを見ないで逃げてたかな。なるほど、後ろを向いて逃げちゃダメなのね。さすが日仔ちゃん、ドッジボールのリーダーね」

日仔が頬を緩めた。

「私もそう教えてもらったんだもん」

「そう、先生に？」

「ううん、優斗《ゆうと》くんと春香《はるか》ちゃん。ふたりとも日仔と同じくらいドッジボールが上手なんだよ。二年生に勝ったときも三人で作戦を立てたんだ」

「へえ、作戦を?」

驚いて聞き返すと、日仔は得意そうに頷いた。その瞳はキラキラと輝いていた。初めからこんなふうに、たくさん話をすればよかったのだ。彼女はいつも、何に対しても積極的。鈴にだってたくさん話しかけてくれていたのだから。

「じゃあ、私にもドッジボール教えてくれる?」

「うん!」

話をしているうちに、ふたりは郵便局の前を通りかかる。坂の下へ続く商店街を見て鈴はあることを思いついた。

「そうだ、日仔ちゃん。稔くんのクラブが終わるまではまだ時間があるし、駄菓子屋へ寄ってから帰ろうか。日仔ちゃんの好きなゼリーのお菓子いっぱい買おう」

鈴としては、彼女を元気づけようと思ったのだが……

日仔が足を止めて、首を横に振った。

「寄り道してはいけません。遊びに行くときは、ランドセルを置いてお家の人に行き先を伝えてから行きましょう」

きっぱりと言うその言葉に、鈴は覚えがある。鈴が通っていたころから変わらない、小学校の決まりごとだ。

「悪い人に連れていかれないための決まりごとです。鈴ちゃん大人なのに、忘れちゃったの？」

すまして言う日仔に、鈴は少し驚いて、同時に胸がいっぱいになる。人間の決まりなど守る必要はないと言っていた以前のことが嘘みたいだ。

やっぱり彼女は学校で、たくさんのことを学んでいた。初めての場所にもかかわらず立派にやっていたのだ。

嬉しくて、鈴は思わず少し大きな声になる。

「さすがは、日仔ちゃん。私、すっかり忘れてたよ。じゃあ、帰ってから行こうか！」

日仔が照れたようにニッと笑った。

次の日の午前中、床掃除をしている鈴は、玄関に座る日仔の背中を見つめている。ランドセルを背負い、学校に行く準備は整ったが、いつものように登校できなかったのだ。一緒に行こうかと声をかけたが首を振るばかりである。

『日仔、皆にひどいこと言ったもん。もう学校へは行けない……』

とりあえず鈴は、彼女の気持ちを尊重して、無理強いせず、学校へ今日は休むと連絡を入れた。

でも彼女は、部屋へは戻らずにずっと玄関に座ったままだった。

行けないと言いながら、ランドセルを下ろさないのは、行きたい気持ちの表れだ。

その姿がいじらしくて切なかった。鈴は掃除をする手を一旦止めて、彼女の隣に座る。

「日仔ちゃん。あのね、お友達にひどいことを言ってしまったときは、心をこめてごめんねってするの。そしたらきっと許してくれるよ」

悪いことをしてしまったら、ごめんなさいと謝る。人間の子どもなら当たり前に教わることだ。神さまである彼女に適切な話かどうかはわからないけれど、今の彼女には必要なことのように思えた。

「ごめんね……」

つぶやいて、日仔が眉を下げた。

「だけど、許してくれないかも……」

――そのとき。

「日仔ちゃーん！」

扉の向こうから元気な声が日仔を呼ぶ。

「日仔ちゃーん！」

しかもひとりではないようだ。

ふたりで顔を見合わせて首を傾げていると、ガラガラと玄関の戸が開く。一年一組のクラスメイトと担任教師が立っていた。

「ごめんください」

「こんにちは、先生。……あの、これは？」

　驚いて立ち上がり鈴は尋ねる。

　担任教師がにっこりと笑った。

「皆で日仔ちゃんを迎えに来たんです。お電話では体調が悪いわけではないと聞いたので……。きっと昨日のことで来にくいんだよねって、クラスで話をしていたら、二十分休みを利用して会いに行こうってことになったんです。よかった、その様子なら、今から行こうとしてくれていたのね」

　ランドセルを背負っている日仔に先生が声をかける。

「これは……」と言って、日仔がうつむいた。頬が真っ赤に染まっている。

　その彼女に、クラスメイトが口々に話しかけた。

「日仔ちゃん、三時間目の体育はドッジボールするんだよ。日仔ちゃんいないとおもしろくないよ」

「次は三年生に勝つんだろ」

「早く行こう」

　日仔が驚いて顔を上げた。

「……だけど日仔、昨日はあんなこと言ったのに」

「日仔ちゃん、お母さんが遠くにいるんでしょう？　寂しくなるのは仕方ないよ」

「そうそう」

おそらく皆、親から事情を聞いたのだろう。子どもたちがそう言って、日仔を取り囲んだ。

「早く行こう！」

「日仔ちゃん」

鈴は彼女に呼びかけた。

すると彼女は鈴を見て一旦口をギュッと閉じる。そして意を決したように、皆に向かって大きな声を出した。

「ご、ご、ご！」

突然の日仔の行動に、皆目を丸くする中、彼女は目を閉じて叫んだ。

「ご、ご、ごめんね‼」

謝るにしては少し勢いよすぎる言い方に、クラスメイトたちは唖然とする。ずいぶんと個性的な謝り方だ。でも初めて人に謝る彼女にはこれが精一杯なのだ。

担任教師が微笑んで、クラスメイトに向かって問いかけた。

「日仔ちゃんが、謝ってくれたね。皆、こういうときはなんて答えるのかな？　わかるよね、せーの！」

「いーいーよ！」

クラスメイトたちは、大きな声を揃えて言い、すぐに彼女の腕を引っ張った。

「早く行こう！　三時間始まっちゃうよ！」

「お昼休みもやろうね！」

「うん！」

日仔もぴょんっと立ち上がり、鈴を振り返りニッと笑う。

「いってきます」

「いってらっしゃい」

応えると、クラスメイトたちと手を繋ぎ一目散にかけていった。


その日の放課後、鈴は学校まで彼女を迎えにいった。

「迎えに来たの？　日仔自分で帰れるのに」

そう言いながらも嬉しそうに笑っている彼女の顔には、今日も学校をたっぷり楽しんだと書いてあった。

そのあと公民館の稔を迎えに行き、鈴を真ん中にして右に日仔、左に稔と三人手を繋いでいぬがみ湯を目指して歩く。

「稔、今日は勝ったの？」

「今日は負けたほうが多かったかな」

「情けないんだ、日仔は勝ったよ」

「相手が強かったんだよ。それに囲碁は勝ち負けだけじゃなくて……」

ぽんぽんと言葉を交わすふたりに挟まれて、温かい気持ちになりながら家路につく。

玄関を入ると、ちょうど武尊が階段を上っていくところだった。

「武尊さま、大浴場へ行かれていたのですか？」

声をかけると、彼は少し驚いた様子で三人を見る。稔だけでなく日仔まで鈴と手を繋いでいるのを意外に思ったのだろう。

「日仔、お前……」と言いかけて口を閉じた。

そして、何かもの言いたげな目でこちらをジッと見つめている。

「武尊さま？」

鈴は首を傾げて問いかけるが、結局何も言わずに前を向いて階段を上っていった。

「あーあ、母上さまとのお約束は守れそうにないね、稔」

日仔が残念そうにため息をつく。

「約束？」

鈴が首を傾げると、日仔は頷いた。

「そう。私たち母上さまとお約束したんだ。母上さまが遠くへ行かれている間に父上さまと仲よしになるって」

「……そうなの？」

双子と母親の間で約束が交わされていたという初めて聞く話に、鈴は目を見開いた。

「うん、父上さまは出かけてばかりで私たちとはあまり遊んでくれないの。だからあんまり仲よしじゃないのよね。母上さまがいなければ、父上さまは私たちのそばにいるしかないでしょう？　だから、私たちと父上さまが、仲よしになるためにわざと母上さまは出かけたのよ」

「そうだったんだ」

鈴はホッと息をついた。

とりあえず、母親に双子が捨てられるようなことはなさそうだ。

「日仔たち、もう赤ちゃんじゃないから、ちょっとくらい母上さまと離れていても平気だもの。母上さまはお付きの者たちに、私たちの面倒は父上さまにやらせるように、絶対に手を出すなって厳命していったの。で、私たちにはこの期間に父上さまと仲よしになってねって言って。でも、無理そう」

日仔が肩をすくめる。

「ふたりの母上さまってどんな方なの？　付喪神さまだって聞いたけど」

ふたりの口から母親の話が出たことにつられて鈴は尋ねる。

日仔がニコッと笑った。

「お布団の付喪神なのよ！」

「お布団の？」

「そう、寝るときにね、日仔たちを包んでくれるの。すごーくあったかいんだ！　夏はちょっと暑いけどね」

そう言って舌を出している。

隣で稔がくすくす笑った。

「そう、お布団の」

意外だった。そもそも神さま界のプリンスと呼ばれている武尊の妻が、付喪神だということだけでも驚きだったのに。

「母上さまはね、父上さまのお布団だったんだって」

日仔が嬉しそうに話し始めた。

「父上さまのもとにはたくさんの人がお詣りに来るでしょう？　父上さま、毎晩寝る前にまだただのお布団だった母上さまに向かって話をしていたんだって。参拝客の願いを叶えたけれどあれでよかったのかとか、俺の力はどう使うのが正解なのか、とかなんとか……」

今度は稔が口を開く。

「本当はとてもせんさいな人なのよって、母上さまが言ってた。せんさいってどういうことか、僕にはわからないけど」

繊細な人……ここへ来てからの武尊しか知らない鈴にとっては意外な話だ。でも毎夜布団に向かって不安を口にしていたという話が本当なら、そうなのだろう。

「母上さまは、父上さまのお話を聞いているうちに付喪神さまになったんだって。そしていつの間にか夫婦になったのよ」

「そうなんだ……」

意外な話ではあるけれど、そういう馴れ初めならば、派手好きな武尊がぞっこんだという話も納得だ。さらに言うと、彼がやけになっているというのも当然のように思えた。

毎夜話を聞いてもらっていた妻がいなくなったのでは相当つらいだろう。

「母上さまが、ふたりに父上さまと仲よくするようにって言ってたことを武尊さまは知ってるの？」

どちらともなく尋ねると、稔が首を横に振る。

「知らないよ。そんなこと言ったら父上さまは嫌がるもん」

「父上さまって、母上さまが大好きなくせに私たちには興味がないもんね」

日仔が同意してふたり頷き合っている。

日仔がため息をついた。

「私は母上さまがいれば、それでいいんだけど。別に父上さまと仲よくしなくても」

稔がそれに同意した。

「僕もだよ。でも母上さまは、僕たちが立派な神さまになるには、父上さまからの教えがどうしても必要なんだって言ってた。だから今回は、きょ、なんだっけ……。そうだ！　強行手段に出るって言ってた」

「武尊さまの教えが必要……」

その話は納得だ。なんといっても彼は神さま界のプリンスと呼ばれる古くから崇められている神なのだから。

「だけど日仔は、もうどっちでもいい。鈴ちゃん、おやつ食べたら庭で遊ぼ！　ドッジボール教えてあげる！」

靴を脱いで玄関に上がり日仔は言う。

彼女の言葉に頷きながら、鈴は稔から聞いた話を考えていた。

第五章　新生、いぬがみ湯

双子の母親の話を聞いた翌日、武尊に異変があった。

昼前いつものように、鈴が大浴場の掃除を済ませて番台にやってくると、蛙沢が首を捻りながら階段を下りてくる。

「どうかしたんですか？　蛙沢さん」

尋ねると、釈然としない表情のまま理由を話した。

「武尊さまが帰っておられないようなのです。外泊するとのお話は聞いていないのですが……」

「え？　帰っておられないのですか？」

毎夜出かけていく武尊だが、どんなに遅くなっても必ずここへ帰ってくる。外泊は初めてのことだった。

「大丈夫かな……。警察へ連絡しましょうか？」

咄嗟に鈴の頭に浮かんだのは、事件や事故に巻きこまれたのではないかということだった。

蛙沢がすぐにそれを否定する。

「武尊さまはああ見えて力の強い神さまです。警察の世話になるようなことはありえません」

鈴とは違い、彼は武尊のことを心配しているわけではないようだ。

「ならどうして……」

「どうしてでしょうね。ですがまあ、おおかた女のところへしけこんで寝過ごしでもしたんじゃないでしょうか。そのうち帰ってくるでしょう」

蛙沢はひとりで結論を出して納得し、廊下をぴょんぴょん跳ねていった。

とはいえ鈴も、外泊の理由はともかくとして、そのうち帰ってくるだろう、そう思っていたのだが……

——結局、その日彼はいぬがみ湯に帰ってこなかった。それどころか次の日もその次の日も帰ってこなかったのである。


「こ、こんなことは私が知る限り初めてのことだ」

いぬがみ湯の玄関で、佐藤があわあわと言う。武尊の不在が三日続いた日の早朝、町長の佐藤と太郎と次郎、蛙沢が集まっての緊急会議が開かれた。

「神さまが宿泊代のご利益を授けて下さらないなんて、前代未聞！　蛙沢くん。武尊さまの居場所はわからないのかね？」

佐藤は真っ青になって蛙沢を問い詰めた。

「……それが、まったく不明でして。武尊さまは有名人でいらっしゃいますし、ご自身も注目されていたい方ですから、いつもならどこにいらっしゃるかはたいていわかるものです。でも力の強い方ですから、本気で居場所を隠されては私にはお手上げです」

「と、いうことは、武尊さまはご自身の意思でいなくなられたというわけだな？　つまり探してほしくないと……」

「おそらくは」

「なんてことだ」

そうつぶやいて佐藤は頭を抱えた。

「町長さん、村始まっての快挙だって皆に言って回ってましたからね」

次郎が太郎に囁く。

太郎が頷いた。

「面目丸潰れですね。佳代さんに叱られるのも怖いんでしょう」

天河村はのどかな村だし、白妙という立派な地主神に守られている。別に武尊のご利益がなくてもすぐに困るということはない。

でも佐藤は、武尊が来たことをとても喜んでいて、滞在後はきっとたくさんのご利益があると村人に言って回っていた。母の話では、日仔の受け入れについても全面協力するようにと学校に役場からお達しがあったという。それなのに結局ご利益がなかったら、立場がないというわけだ。

鈴も、宿の女将として責任を感じてはいる。

けれどそれよりも心配なのは、双子のことだった。普段あまり関わりがなかったことがよかったのかどうなのか、今のところふたりは父親の不在に気がついていない。いつも通り学校と囲碁クラブに通っている。でもこれ以上不在が続いたらさすがに不審に思うだろう。

ふたりの話では母親は、武尊と別れるために家を出たわけではないから、彼らが両親に捨てられるということはないだろうけれど……

「稔くんと日仔ちゃん、どうなっちゃうのかな」

ため息をついてつぶやくと、蛙沢が、ケロッとして口を開いた。

「さすがに、お付きの者どもに連絡して引き取りにきてもらいましょう。ご利益を授けて下さらないお客さまは、お客さまではございません」

「そんな……！」

鈴は声をあげた。

「そんなのあんまりだわ。ふたりともお母さまもお父さまもいない環境で、毎日頑張っているのに」

客じゃなくなったからすぐに帰すなんて、そんなことできるはずがない。

「お友だちもたくさんできたのに、いきなり帰れなんて私には言えません」

鈴が首を横に振ると、蛙沢がため息をついた。

「お嫁さま。『お客さまは神さまです』のお客さまは、宿に利益をもたらす方のことでございます」

「だけどふたりはまだ小さいんです」

「これは慈善事業ではないのですよ。そのあたりをきっちり線引きしなくては、経営は成り立ちません」

後ろで、太郎が次郎に囁く。

「さすがくちなわリゾートの元副社長、バッサリだね。冷徹すぎる」

「くちなわリゾートがブラック企業だって噂はどうやら本当みたいだね。客にこれでは従業員には……くわばらくわばら」

次郎が太郎に答えた。

「とにかく、武尊さまが戻られるまではふたりは私が預かります」

鈴は迷わず宣言する。

佐藤が困ったように鈴を見た。

「だけど鈴ちゃん、預かるって言っても武尊さまは自分からは戻ってこないんじゃないかい？　しかも行先を探す手段もない。いつまでもってわけにはいかないだろう」

「そうです。たとえ武尊さまの居場所がわかったとしても、ご本人に戻る気がなければ、私どもの力では無理やり連れてくることもできません」

蛙沢の言葉に、佐藤が同意した。

「そうだろう。いずれにせよ、ふたりのお母上さまには連絡したほうがいい。蛙沢くんできるかね？」

「お母上さまは名もなき付喪神でいらっしゃいますから、連絡は取れるでしょう。さっそく鹿に行かせます」

蛙沢はそう言ってぴょんぴょんと玄関を出ていった。

佐藤がため息をつく。

「……どこの世界にもとんでもない親はいるものだね。巻きこまれる子どもたちがかわいそうだ」

その言葉に、鈴は両親の話をしていたときの双子の様子を思い出す。ふたりとも、楽しそうに話していた。父親との仲はともかくとして、両親の仲がいいことはしっかりわかっているようだった。

少なくとも母親には大切に育てられたのだろう。その母親が、子どもたちを武尊に任せていったのだ。そこまでせざるをえない理由と、武尊に対する一定の信頼があったように思う。

現に武尊は、母親がいなくなってすぐに双子の世話を放り出したわけではなく、始めはなんとかやっていた。

そしていぬがみ湯で面倒を見てもらえるとわかってから、出かけるようになったのだ。夜遊びをしていても毎日必ず帰ってきた。

子どもたちに対する愛情がないわけではないと、鈴は思うのだけれど……気になるのは、最後に見たときの武尊の表情だ。どこかもどかしいような、寂しそうな……

「まぁ、なんにせよ。母親が迎えに来るまで、もう少しふたりの面倒を見てくれるかな、鈴ちゃん」

佐藤の言葉に鈴は頷く。

「それはもちろん。でもその前に武尊さまが帰ってきてくだされぱいいですけど」

「いや、それは無理だろう」

佐藤がそう答えたとき。

「鈴、私を忘れていないかい？」

声がした方向に一同は振り返る。白妙が腕を組んで番台に寄りかかっていた。

「しろさま。私を……ってことは、しろさまには武尊さまの居場所がわかるんですか？」

鈴が尋ねると彼はにっこりと微笑んで、こちらへやってくる。そして鈴の頬へ手を当てた。

「なんなら首根っこを掴んで連れ戻すこともできる。奴が私を疎ましく思う理由のひとつだ」

「本当ですか⁉」

鈴は目を見開いた。

「そうしてほしい？」

問いかけられて逡巡する。

双子のためを思うなら、そうしてもらえるとありがたい。とはいえ、それをお願いしていいものか判断がつかなかった。

「でも……」

一方で、力を貸すとでもいうような白妙の言動に、太郎と次郎がヒソヒソと囁き合っている。

「いったいどういう風の吹き回しでしょう。うちのぐうたら神さまが、宿のことに協力するなんて」

「天変地異の前触れか……。少なくとも明日は槍が降りそうだ。屋根の瓦がずれていた箇所の修理をしておかなくては」

そのふたりをじろりと睨んでから、白妙が鈴の腰に腕を回して閉じこめた。

「し、しろさま⁉」

「私は鈴のご主人さま。ということはこの宿の主人なのだろう？　宿泊しておいて、ご利益を授けないで逃げる客は許さないよ」

「あ、あの話は……だけど」

気まずい話を持ち出されて、鈴はあたふたとする。たしかにあのときはそう言ったけれど、まさか実際に手伝ってもらうことになるなんて想定していなかった。

「鈴？　私たちは夫婦になるのだろう？　夫婦は助け合うものだ」

白妙が、満月色の綺麗な目で鈴をジッと見つめている。頬が熱くなるのを感じながら、鈴は考えを巡らせた。

――夫婦は助け合うもの。

「私は、女将として頑張る鈴を助けたい」

そう言って微笑む白妙の浴衣をギュッと握ると、ようやく鈴の心が決まる。

「しろさま」

決意を込めて彼を見る。

白妙が首をわずかに傾けて、言葉の続きを促した。

「お願いします。武尊さまを探して、お連れしてください」

「了解だ」

よくできましたというように、機嫌よく言って、彼は鈴の額に口づける。そして鈴を抱いていた腕を解き、玄関を出ていった。

突然びゅっと風が吹いて、扉がガタガタと音を立てる。次の瞬間、彼の姿は消えていた。


白妙が武尊を連れて帰ってきたのは次の日の朝だった。

白妙がいない夜を鈴は、稔と日仔と過ごした。ふたりが一緒に寝たいと言ったのだ。ふたりとも口にはしなかったが、さすがに四日目の夜となると、父親の不在を不安に思っているようだった。

布団の中でぎゅうぎゅう鈴にくっついて眠るふたりを抱き寄せて、鈴は眠れない夜を過ごした。

そして朝、玄関のほうで物音がしたような気がして目を開く。双子を起こさないようにそっと部屋を出ると、玄関に武尊と狼姿の白妙の姿があった。

服が破れて髪も乱れている武尊の襟を、白妙が咥えている。白妙もまた毛並みが乱れていた。連れ戻すために一悶着あったのだろう。

「武尊さま！　しろさま、ありがとうございます」

白妙が武尊の襟を離して、人の姿になった。

「ただいま、鈴。昨晩はひとりにしてすまなかった。こいつが思ったよりも抵抗したんで手こずったんだよ。まったく、やっかいな客だ」

「だから俺、こいつが嫌いなんだよ。ただの狼のくせになんでこんなに強いんだ」

武尊が不満そうにぶつぶつと言った。

「神としては俺のほうが上なのに敬う気持ちがまったくない」

「神が聞いて呆れるな、宿代のご利益を授けもせずに逃げたくせに」

白妙が嫌味を言う。

「お、お前には関係ないだろう？」

「関係ある。私はいぬがみ湯の主人なんだ。不良客から宿を守る義務がある」

「主人だぁ？」

「あ、あの……！」

放っておいたらいつまでも続きそうなふたりのやり取りに、鈴は慌てて割って入った。

「武尊さま、お戻りくださいましてありがとうございます。ご利益のことはいいのです。でも日仔ちゃんと稔くん、寂しがってて……」

と、そこで。

「鈴ちゃーん！」

話し声に気がついた、稔と日仔が目を擦りながら部屋を出てくる。ふたりは武尊を見て驚いた。

「父上さま」

武尊が鼻を鳴らした。

「なんだ、日仔まで鈴ちゃんと一緒に寝てたのかよ。……ほらやっぱり、このふたりには俺は必要ねえ。鈴ちゃんがいればいいんだよ。俺なんて、俺なんて、邪魔者だ。だから出ていってやったのに……」

武尊は投げやりに言って、胡座を組んで顔を背ける。そのどこか寂しそうな様子に、やはり、と鈴は思う。彼が出ていったのは、鈴と双子が仲よくしているのを目の当たりにしたからだ。

強がる彼の背中に、鈴の胸がギュッとなった。

「俺に父親なんてできるわけがないのに、あいつ俺をほったらかしにしていきやがって……。『あなたはなんでもできる、私がずっとそばにいるから』なんて言ってたくせに、そばにいないんじゃ……」

妻に対する恨み言はだんだん涙声になっていく。

「やれないんだよ、俺には。父親ってなんなんだ。何をすればいいんだよ。わからねえのに……あいつ」

そのままぐずぐずと泣き出した。

その姿に、双子が驚いたように顔を見合わせている。おそらく父親のこんなところは初めて見るのだろう。

「大陸に安眠グッズを見に行くなんて言って、どうせ他に好きな男ができたんだろ……」

鈴は、稔に提案する。

「稔くん、父上さま、少し誤解されてるみたい。母上さまがふたりになんて言ったのかお話ししてみたら？」

それでも怒るかもしれないが、浮気を疑うよりはマシだろう。

稔は、日仔と顔を見合わせて、恐る恐る口を開いた。

「母上さまは、僕たちと父上さまが仲よくなるために、しばらく留守にするとおっしゃっていました」

息子の言葉に反応して武尊が顔を上げる。

「稔、それ、本当か？」

稔がこくんと頷いた。

「仲よくなったころに帰ってくるって言ってたよ」

「そう……なのか。あいつ帰ってくるんだな」

安堵したようにそう言ったあと、武尊は顔をしかめる。

「だけど、それだけのためにわざわざ出ていかなくてもいいだろう」

すると今度は日仔が説明する。

「母上さまがいらっしゃったら、父上さまは私たちに関わろうとしないでしょ。だから、えーと、なんだったかな、きょ、きょう、強行手段だって」

その言葉には心当たりがあるのだろう。彼は情けない表情になった。

「子どもと仲よくか……。お前たちが生まれてから、あいつはそればっかりだ。だから俺には、それができないんだって……父親なんて何をしたらいいかわからないんだから」

妻の行動の意図がわかっても、彼は途方に暮れて肩を落とす。

その姿に、鈴は学生時代に学んだ文献の中の武尊の生い立ちを思い出していた。

日本武尊は、乱暴な性格で父親に疎まれていた。父親のそばにいることは許されず、日本全国を制圧するよう命じられて旅をする人生だった。ある地方を制圧してすぐにまた別の地方へ行くように命じられた際は、『父は私が亡くなってもいいと思っているんだ』と泣いたと伝えられている。

そんな彼にとって父親は遠い存在で、双子とどう接すればいいかわからないのだ。

「子どもなんて父親がいなくても放っておけば育つんだ。そうだろう？　おまえたち、楽しそうじゃないか」

「だけど母上さまは、僕たちが立派に神さまになるためには、父上さまからどうしてもあることを教えてもらわなきゃならないって言ってたよ。それは父上さまにしか教えられないって」

その言葉に武尊は眉を寄せて考えるが、すぐに首を振った。

「なんだよ、それ。俺なんかに教えられることがあるわけないだろ。俺なんかに……」

つぶやいて頭をぐしゃぐしゃとかいている。どうやら母親が子どもたちに言っていた繊細な人というのは本当のようだ。自信家に見えるのは表の顔で、名の通った神として虚勢を張っている部分もあるのかもしれない。

気まずい沈黙がその場を包む。

そこへ、ガラガラと音を立てて玄関の扉が開いた。

「ごめんください、朝早くにごめんよ」

酒屋だった。玄関に皆が集まっているのを見て、やや驚いた表情になる。

「お取りこみ中だったかな」

「いえ……どうかされたんですか？」

鈴が問いかけると武尊を見て微笑んだ。

「さっき上空を武尊さまと白妙さまがいぬがみ湯の方向に飛んでいくのを見たから急いで来たんですよ。武尊さまが戻られたんだと思って。ここ数日、赤暖簾《あかのれん》にお見えにならなかったから、寂しかったですよ」

どうやら彼はよく赤暖簾《あかのれん》で、武尊と一緒に飲んでいたようだ。

「武尊さま、この前言ってた例の珍しい酒、手に入りましたよ」

「例のって、……本当か？」

武尊が少し弾んだ声で聞き返した。

「ええ、なかなか市場に出ませんから、同業に頼んで探してもらいました。私も一度だけ口にしたことがありますが、あれはうまい。赤暖簾《あかのれん》に届けましょうか？　それともここへ？」

「いや、赤暖簾《あかのれん》へ届けてくれ。酒は皆で楽しむものだ。さっそく今夜赤暖簾《あかのれん》に集まるようにと皆に……いや、その」

嬉しそうに酒屋に話していた彼は、ようやくそこで話の途中だったことを思い出す。わざとらしく咳払いをしてから、かしこまって口を開いた。

「赤暖簾《あかのれん》に届けるように。代金はあとで届けさせる」

酒屋が首を横に振る。

「いやいや代金はいりません。武尊さまがいらしてから、酒の売れ行きがいいですから、ほんのお礼ですよ。それに武尊さまのおかげで楽しく飲めるようになったと、ここらの酒飲みは皆喜んでおりますよ。またお待ちしておりますと赤暖簾《あかのれん》の女将も申しておりましたから、ぜひ。じゃあお邪魔しました、鈴ちゃん」

そう言って酒屋は帰っていく。

武尊がやや罰が悪そうに頭をぽりぽりとかいた。

どうやら彼は、赤暖簾《あかのれん》に行くようになってから、この村の親父連中のハートを鷲掴みにしたようだ。たしかに律子も彼は気持ちのいい飲み方をすると言っていた。

赤暖簾《あかのれん》の奥の座敷で、客たちと話をしながら酒を飲む彼の姿が目に浮かぶようだ。

その姿を想像しているうちに、鈴はあることに思い当たる。

「これかもしれない……」

つぶやくと、武尊が訝しむように鈴を見た。

「これじゃないでしょうか。ふたりの母上さまが武尊さまに教えてあげてほしかったのは」

「はぁ？　これって……酒の飲み方か？」

「そうではなくて……」

鈴は首を横に振って、白妙に視線を送った。

「願いを叶えてくださったり、厄災から守ってくださる神さま方を、私たち人間は敬い大切に思っています。そして神さま方もまた、人間を思ってくださっているように私は思います」

白妙が柔らかく微笑んだ。

天河村の地主神である白妙は、村人たちを大切に思ってくれている。だからこそ村を守ってくれるのだ。

「人は神さまを尊敬し、神さま方は人を慈しむ、そういう関係が幸せを生むのではないでしょうか。ですから稔くんと日仔ちゃんが立派な神さまになるためには、まず人を好きになってもらう必要があるのかな……て」

武尊が不貞腐れたように答えた。

「……そんなことはわかってるよ。だけどそれがなんだっていうんだよ」

「武尊さまは、その……とても人間がお好きなように思います」

少しためらいながら鈴は言う。神さまに向かってこんなふうに自分の意見を言うなんて、恐れ多くてドキドキする。でも双子のために、どうしても言わなくてはいけない。

「いぬがみ湯は、普段人の願いを叶えることに忙しい神さま方が、ひとときお役目を忘れてゆるりとすごしていただくための宿なんです。ですから普段滞在される神さまは、あまり村人たちと関わることはございません」

祖母から引き継いだ宿に関する覚え書きにも興味本位で神さまを見に来たり、個人的な願いごとをしようとしたりする村人が宿へ来ても断るようにと書いてあった。だから神さま方には風呂も営業時間外に入っていただく決まりなのだ。

でも武尊はたいてい人に交ざり入浴する。村人たちと気楽に話をして、一緒にフルーツ牛乳を飲んでいた。中には彼と話したいがために通い出した客もいるくらいだ。

それだけではない。

彼は毎夜町へ繰り出して、たくさんの人と交流していた。

「前女将から引き継いだ覚え書きを見ても、滞在中にこんなにたくさんの人間と関わられたのはおそらく武尊さまが初めてです。武尊さまは人間がすごくお好きで、人にも好かれる方なのでは……と。ふたりの母上さまは、それを子どもたちに教えてあげてほしかったのではないでしょうか」

「俺の……人を好きで、好かれるところ」

武尊が唖然としてつぶやいた。

「だけど、こんなのめちゃくちゃ簡単なことだぜ」

「そんなことはありません。誰かを好きになれるって、才能だと思います」

言葉に力を込めて、鈴は心からそう言った。

鈴は、今でこそ大切な人たちに囲まれている。まわりの人が大好きだと本心から言える。でもほんの半年くらい前までは、それができず苦しんでいた。

「才能、俺が……。まさか、でも……。いや、そうだ。俺はプリンスだ。プリンスなんだから。そうか、それを子どもたちに……それが父親としてできること」

口に手を当てて、ぶつぶつとつぶやく武尊の姿に鈴はホッと息をつく。

いい加減に考えているように見えても、やはり彼は子どもたちの父親なのだ。どう接すればいいか悩んでいたのだろう。

武尊が顔を上げて、双子を見る。

「稔、お前はまだ人間が怖いのか？」

「ここの村の人たちなら怖くない」

「日仔、お前は人間は自分より下だと思うか？」

「ううん、そんなこと思わない。友達だもん」

「よーし！」

武尊が、大きな声を出して立ち上がった。

「今日はお前たちにこの父上さまが、人間というものを教えてやる！」

「「人間を？」」

ふたりが声を合わせて首を傾げた。

「ああ、高倉という町にもっとたくさんの人間がいる。父上さまのお友達もいるぞ。大きな公園には、でっかい滑り台がある」

「きゃー！　行きたーい！」

日仔が嬉しそうに両手をあげる。

隣の稔は少し不安そうだった。

「僕……」

知らない場所へ行くのが怖いのだ。うつむく彼の頭を武尊がぐりぐりと撫でた。

「大丈夫だ。お前の父上さまは日本武尊だぜ？　怖いことは絶対に起こらない。ここへ来る前もお前怖がっていたけど、今は来てよかったって思うだろ？」

父親の言葉に彼は目をパチパチさせて鈴を見る。次に休憩処のほうを見て、ニコッと笑って頷いた。

「よーし！　そうと決まったら今から行くぞ。着替えだ着替えだ！」

「きゃー楽しそう！」

「あ、待って、日仔」

三人は、ドタバタと階段を上っていく。

鈴はホッと息をついた。父親というよりはまるでガキ大将のようだが、とにかくやる気になってくれてよかった。何より双子が、嬉しそうなのが微笑ましい。

「楽しんでこれるといいですね」

ふふふと笑って鈴が言うと、白妙がやれやれというように頷いた。

「今日一日は静かに過ごせそうだ」


カランコロンと下駄の音が響く中、夜の商店街を鈴は白妙と手を繋いで歩いている。

「あら白妙さま、鈴ちゃん、どちらへ？」

道ゆく人から声をかけられる。

「赤暖簾《あかのれん》だよ。双子を迎えにいくんだ」

白妙が答えると、彼女は微笑んだ。

「そうですか、今日はあちらは賑やかですよ。お祭りみたいねって主人と話してたくらいですから。では失礼します白妙さま、鈴ちゃんおやすみ」

「おやすみなさい」

鈴は落ち着いた気持ちで答えた。

以前はこんなふうに白妙と手を繋いでいるところを見られたら、逃げ出したい気持ちになっていた。でも今は、恥ずかしいとは思うものの、手を離したいとは思わない。

こうしてふたりで歩いていることを、村の人たちが自然なこととして受け止めているのと同じように、鈴も彼の隣にいることを自然だと感じている。

「祭り……どういうことだ？」

白妙が首を傾げてまた歩き出した。

朝、高倉へ出かけていった武尊親子は、日が暮れるころ、いぬがみ湯に帰ってきた。

ショッピングも楽しんだようで、稔は囲碁セット、日仔はドッジボール用のボールを宝物のように大切に腕に抱いていた。

『楽しかった？』

鈴が聞くと、ふたりは目をキラキラさせて頷いた。

『滑り台がね、ながーいの！』

興奮気味の日仔の後ろで武尊が自分の尻を撫でる。

『日仔、お前滑りすぎ。尻が痛てー』

次は稔が報告する。

『ハンバーガーが、美味しかった！』

『食べたこと、母上さまには内緒だからな。黙ってられるならまた連れて行ってやるよ』

父親というよりは友達のような関係にも思えるが、とにかく三人とも今日一日を楽しんだようだ。

そして『父上さまの人間講座、総仕上げ』と称して三人で赤暖簾《あかのれん》へ夕食を食べにいった。

六時ごろに風呂に入りに来た律子の話では、食事はとうの昔に終わっているが、例によって武尊は客たちと盛り上がっているらしい。双子も客が連れてきた子どもたちと遊んでいるのだという。

そして九時を回っても帰ってこないから、せめて子どもたちだけでもと思い迎えに行くことにしたのである。

しばらく行くと坂の下から、わははわははと賑やかな笑い声が聞こえてくる。商店街を抜けてロータリーへ出ると、赤暖簾《あかのれん》には人が溢れていた。

店に入りきらない人たちが、歩道にキャンプ用のテーブルや椅子を並べて、酒を飲んでいる。もちろんその中心にいるのは武尊だ。

子どもたちはロータリーで日仔を中心にボール遊びをしていた。ロータリーは昼間でもタクシーが一、二台停まっているだけだから、この時間にもう車は通らない。

さっきの女性が言った通り夏祭りの夜のようだった。

武尊が白妙と鈴に気がついて、手にしていた徳利を掲げる。

「よう！　珍しいじゃん、白妙。お前があの宿を離れるなんて。いっつもタイル画で寝てるのに」

「お前が、双子を連れて出たまま、いつまでも帰ってこないからだ。鈴にひとりで夜道を歩かせるわけにいかないだろう」

「お前、本当に鈴ちゃんにべったりだなぁ。今そういうの流行《はや》りなのか？」

いつものように言い合うが、今はふたりともどこか朗《ほが》らかだった。

「鈴ちゃーん！」

日仔が鈴を呼んだ。買ってもらったばかりのオレンジ色のボールを大切そうに抱えている。

「楽しんでるね、日仔ちゃん。そのボール嬉しい？」

「うん！　すっごくよく跳ねるのよ。このボール最高！」

「ふふふ、よかったね。稔くんは？」

「中でお客さんと囲碁をしてるよ」

白妙と鈴は、店の中へ移動する。

「ああ、鈴ちゃん、白妙さま」

暖簾《のれん》をくぐると、カウンターの中では律子と彼女の母親が忙しく料理をしている。

座敷では客たちが飲みながら囲碁を打っていた。もちろんその中心にいるのは稔だ。

律子が鈴に気がついた。

「鈴！　来たんだ」

「うん、すごいことになってるね」

「武尊さまが今夜は俺の奢りだって言って、村人を集めるように言ったんだ。そしたらこんなことになっちゃった」

困りながらも、嬉しそうに律子は言う。

普段、律子はあまり店に立たないはずだけれど、さすがにこれだけの人数では母親だけでは無理だ。手伝うことにしたようだ。

「たっくんは？」

尋ねると、彼女は首を傾けて座敷の隅っこを指し示す。

拓真が座布団を布団代わりにして寝ている。隣で健太郎がいびきをかいていた。

まわりはガヤガヤとうるさいのに、ふたりともすやすやと気持ちよさそうだ。

鈴の視界の端で稔が大きなあくびをした。ちょうど対局が終わったところのようだ。

「稔くん、おつかれさま。そろそろ帰ろうか」

声をかけると、彼はこくんと頷く。途端に目がとろんとしてもう今すぐにでも眠ってしまいそうだ。今日はたくさん遊んだから疲れたのだろう。しかも時刻は九時半を過ぎた。いつもなら彼は寝ている時間だ。

「歩ける？」

尋ねても、鈴にもたれかかり、うつらうつらするばかりである。

困ったなと鈴が思った、そのとき。

「仕方がないな」

大きな手が伸びてきて稔をすくい上げる。

驚いて見上げると白妙が稔を抱いていた。

「寝る寸前までやるとは、囲碁というのはよほどおもしろい遊びのようだ」

「しろさま……すみません」

そう言いながら、鈴は胸に不思議な思いが広がっていくのを感じていた。

軽々と稔を抱く白妙の姿。

頭の中で、ある光景を想像してしまった。

白妙に似た銀髪にぴょこんと小さな耳が生えた尻尾のある小さな子を大切に抱く彼の姿。父親になった白妙の姿が……

「行こうか、鈴」

「はい、しろさま」

柔らかく微笑む彼の笑顔に頷きながら、いつか本当にそんな光景を見られるという予感のような、憧れのような思いを鈴は大切に胸にしまった。

「じゃあね、りっちゃん、また明日。おばさんありがとうございました」

ふたりにそう言って店を出ようとしたとき、外でどよめきが起こる。

慌てて出ていってみると、驚くことに夜の空に着物姿の女性が浮かんでいる。柔らかな光に包まれた彼女は、皆が唖然とする中、ゆっくりとロータリーの中央へ降り立った。

なんだか抱きつきたくなるようなふくよかな身体つきと優しげな表情、黒い髪を結い上げた大きなお団子には布団叩きの形をしたかんざしを刺している。

この女性は……

「「母上さま‼」」

ロータリーの日仔と白妙の腕の中にいた稔が同時に声をあげる。日仔はボールを置いて、稔は白妙の腕から下りて一目散に彼女に向かって駆け出していく。

でもその双子より先に。

「団子《とんこ》‼」

武尊が彼女に抱きついた。

「帰ってくるのが遅いじゃないか！」

「あらあら、申し訳ありません」

団子と呼ばれた彼女は、武尊と後からくっついてきた双子もまとめて抱きしめた。

「ただいま戻りました」

「団子！　団子……！」

久しぶりに会った妻に武尊は人目も憚らず抱きついて再会を喜んでいる。どうやら彼が妻にぞっこんだという話は本当のようだ。

「自分だってべったりじゃないか」

白妙が呆れたようにつぶやいた。

「ですが武尊さまは、行方不明になられたとお聞きしていたのですが……」

戸惑うように団子が言う。蛙沢が鹿に頼んだ伝言のことだ。

鈴は慌てて口を挟んだ。

「た、武尊さまはお仕事で二、三日留守にされていたんです。それを私が勘違いして間違えてお知らせしてしまいました。大変申し訳ございません」

すると団子が鈴を見た。

「あなたさまは？」

「いぬがみ湯の女将をしております、大江鈴と申します」

「鈴ちゃん、いっぱい遊んでくれたんだよ！」

日仔が母親の腕の中で嬉しそうに報告する。団子がにっこりと微笑んだ。

「そう、楽しかったのね」

「うん！　今日はねえ、父上さまとお出かけしたんだ。滑り台を滑ってボールを買ってもらったんだよ」

「まぁ、父上さまと？」

団子が細い目を見開いて、武尊を見る。

彼は照れたように鼻を擦った。

「ここはいいところだけど、遊ぶ場所が少ないからな。退屈しないように隣町に連れていってやったんだよ。子連れで出かけるのも意外と楽しいもんだな。な？　稔、楽しかったよな」

稔がニコッと笑って頷いた。

「うん！　ハンバーガー美味しかったよね」

「あ！　お前、それ母上さまに言うなって言ったじゃねぇか」

「そうですか」

団子が感慨深げな声を出した。

「武尊さま、ありがとうございました」

「団子、聞いたぜ。ふたりと俺を仲よくさせるために、家を空けたんだって？　こんな簡単なこと、わざわざ回りくどいことしなくてもできたんだよ。な？　日仔、稔」

武尊が双子に向かって同意を求め、ふたりは「うん」と頷いた。

「そうですか、これは失礼いたしました。さすがは偉大なる神、武尊さま」

団子が大袈裟なくらい武尊を褒める。

武尊が「へへ」と笑って彼女をまた抱きしめた。久しぶりに妻に会えたことが嬉しくてたまらないという様子だ。

「完全に尻に敷かれてるな」

白妙のつぶやきに、鈴は笑って頷いた。

「素敵な方ですね」

「ねえ、母上さま、僕ここへ来て囲碁ができるようになったんだよ！」

「日仔はねえ、ドッジボール！　学校でねえ」

久しぶりに会う母親に、双子は競うように話をする。

「毎日公民館へ行ったんだ」

「日仔、ひらがな書けるようになったのよ」

「あらあら、いろいろ経験させてもらったのね。よかったわ」

団子は、朗《ほが》らかに言って双子をまとめて抱き上げる。彼女のふんわりとした腕に包まれてふたりはあくびをして目を擦った。

「お話の続きはまた明日にしましょう。子どもたちは寝る時間。女将さん、私もこの子たちと一緒にお部屋で休ませていただいてもよろしいでしょうか？」

団子からの問いかけに、鈴はすぐに頷いた。

「もちろんです」

武尊も、ふわああとあくびをした。

「俺も今日は帰ろうかな」

「あらあら、武尊さままで。ふふふ、本日はお疲れさまでした」

途端に集まった人たちも、ふわぁとあくびをし出した。

「なんだか眠くなってきた」

「ああ、あったかい布団が恋しいよ」

「じゃあそろそろお開きにしようか」

皆立ち上がり片づけを始める。鈴もなんだか眠たくなってしまって、目を擦った。

「おかしいな、こんな時間に眠たくなるはずないんだけど」

隣で白妙が感心したように鈴に囁いた。

「団子の力だろう、彼女は布団の付喪神だ」

なるほどと鈴は納得する。

だからこんなにも暖かい布団が恋しいのか。

白妙が、くっくっと肩を揺らしてつぶやいた。

「……とはいえ、人はともかく神である武尊までああなるとは、さすがだな」

次の日の朝、スズメがチュンチュンと鳴くいぬがみ湯の前庭に、鈴と白妙、蛀沢、太郎次郎の面々が揃った。武尊一家が客室から下りてくるのを待っているのである。

団子が戻ってきたのを機に、一家は今朝、帰ることになったのだ。

彼らを見送るため、いぬがみ湯のメンバー以外にもたくさんの村人たちが集まっていた。

囲碁クラブの年寄りたちはもちろんのこと、ランドセルを背負った日仔のクラスメイト、担任教師、それから赤暖簾《あかのれん》の常連客……

皆一様に寂しそうである。

しばらくすると荷造りを終えた四人が玄関から出てきた。

今日の武尊は神としての正装姿、深い緑色の朝服《ちょうふく》を身につけている。愛しい妻がそばにいるからだろう。心穏やかな表情である。

さっそく双子を村人たちが取り囲んだ。

囲碁クラブの年寄りたちは、稔に大きなお菓子が入った袋を渡している。

「日仔ちゃんと一緒に食べてくれ。稔くんが来なくなると、クラブは寂しくなるよ」

「また来てくれよ。秋には高倉の支部メンバーと合同でトーナメント戦をやるんだ。だからそのころに」

お菓子と武尊に買ってもらった囲碁セットを抱いて、稔はにっこりと笑って頷いた。

「うん。僕、もっと強くなって戻ってくる。次は誰にも負けないよ！」

元気な言葉に、どっと笑いが起こる。

「じゃあ、わしらもしっかりやらにゃいかんな」

「こっちこそ負けんぞ」

武尊が歩み寄り、稔の肩に手を置いた。

「お前は、勝負の神さまに向いているかもしれないな。勝負ごとは結果も大切だが、そこに至るまでの過程はもっと大切だ。お前ならそれがわかるだろう」

「父上さま……」

父親に褒められたことに驚いて、稔は目を見開く。頬を染めて頷いた。

「うん」

「お詣りに行ったら、一局相手をしてくださる神さまか、こりゃ行列ができそうだ」

誰かの言葉に、また笑い声が起こった。

「父上さま、日仔はドッジボールの神さまがいい！」

日仔が武尊の袖を引いた。

「ドッジボールか、ドッジボールの神はないな……」

武尊が頭をぽりぽりとかく。そして日仔の頭を撫でた。

「お前は身体が強いから、健康の神さまかな」

それを聞いた彼女の担任教師が、ぽんと手を叩いた。

「たしかに！　日仔ちゃんにお詣りしたら、足腰が強くなりそうね。休み時間に一緒に走り回っていたからか、この冬は、クラスの誰も風邪をひかなかったわ。今日からもう教室にいなくなると思うとすごく寂しいけど……」

最後は少ししんみりと言う。

「日仔ちゃんがいないと、ドッジボールが楽しくないやい！」

ひとりの男の子が泣き出して、それをきっかけに皆が泣き出した。

「二年生になったら球技大会があります。秋には運動会も。親御さんもお忙しいとは思いますが、日仔ちゃんにもぜひ出場してもらいたいです」

担任教師が涙声で武尊に言う。

「約束しよう」

彼はしっかり頷いた。

その彼に。

「武尊さま」

酒屋が歩みよる。いつも陽気な彼の目は少し潤んでいた。

「武尊さまと飲む酒は、今までで一番美味かったです」

それが合図かのように、赤暖簾《あかのれん》の常連客たちが武尊を取り囲んだ。

「毎日が祭りのようでした」

「また一緒に飲みましょうや」

その中に律子の母親もいる。武尊に向かって頭を下げた。

「赤暖簾《あかのれん》は、美味しいお酒を用意して武尊さまのお越しを、いつでもお待ちしております」

武尊が、照れたように頭をぽりぽりとかいた。

「うん……そうしよう。ここの酒はなぜか俺も、特別美味く感じたし」

常連客たちからわっと歓声があがった。

「きっとですよ」

「楽しみにしております」

その姿に鈴も思わず涙ぐむ。

彼らが来て約二ヶ月、もう宿泊客というよりはいぬがみ湯の一員のように感じていた。今日からいないなんて、信じられない。

「本当に、ここの村の人たちによくしていただいたんですね。子どもたちは人間に会うことすら初めてだったのに、こんなふうにおっしゃっていただけるなんて」

心底感心したような団子に、武尊が得意げに答えた。

「ちょうどいいから、ふたりには神さま修行させてたんだ」

「まぁ、神さま修行まで？」

団子が驚いたように目を見開いた。

「さすが武尊さま、ふたりと仲よくなっただけでなく、父親としての役割もきっちりと果たしておられたなんて！」

「まあな、俺だってやればできるんだよ」

「本当ですねえ、さすがは私の武尊さま」

そんなやり取りをする夫婦に、白妙が眉を寄せて口を開く。

「いや、団子、それは違う。ふたりの神さま修行をしていたのは、武尊ではなく、す……」

「し、しろさま……！」

鈴は慌てて彼の袖を引いた。

すべてが丸く収まった今、それはもう言わなくてもいいような気がする。

そんなふたりのやり取りに、団子が瞬きをして、鈴と武尊を交互に見る。

武尊が気まずそうに口を開いた。

「あーえーっと。女将にはそのことで、ずいぶんと……その、世話になった」

そこで一旦言葉を切って、えへんえへんと何度も咳払いをする。明後日の方向を向いたまま、掠れた声を出した。

「女将、このたびは迷惑をかけたな。いろいろ……その、申し訳なかった」

「まあ！」

団子が驚いて声をあげる。

他の者たちも、唖然として目を見開いた。無理もない。神である武尊が、自ら鈴に謝罪をしたのだから。

当然のことながら、鈴も驚いてきちんと答えられない。

「わ、私は、大丈夫です……」

そう言うのが精一杯である。

「武尊さま」

団子が少し厳しい声を出して、じろりと武尊を睨む。自信家で、プライドの高い彼が自ら謝るのだ。よほどのことだと思ったのだろう。

武尊が慌てて手を振った。

「だ、だからこうして謝ってるじゃないか！　そ、それに女将がよくしてくれたのを、子どもたちは喜んでたぜ。終わりよければすべてよしだ」

「だからといって、人さまにご迷惑をかけるなんて……」

「あの……！」

そのまま喧嘩になりそうなふたりのやり取りに、鈴は慌てて割って入り、団子に向かって、本心を口にする。

「大丈夫です。全然迷惑なんかじゃありませんでした。武尊さまと、稔くんと日仔ちゃんが来てくれて、私楽しかったです。村の人たちも皆、幸せな気持ちになりました」

いろいろなことがあったけれど、最後には皆笑顔になれたのだ、来てくれてよかったと心から思う。

こんなに幸せな気持ちにしてくれる双子は、小さくても、もう立派な神さまだ。

「稔くん、日仔ちゃん、これからも頑張って。私、応援してるから。お父さんとお母さんみたいな立派な神さまになるんだよ」

涙を堪えて鈴はふたりに声をかける。彼らが鈴のもとへ駆けてきて勢いよく抱きついた。

「鈴ちゃん」

「鈴ちゃん！」

鈴の胸に顔を埋めてわんわん泣き出してしまう。ふたりにつられて鈴の目から涙が溢れた。小さいけれどたくましいふたりをギュッと抱きしめて、鈴も一緒に涙を流した。

「頑張ってね……」

団子が鈴に向かって頭を下げた。

「親子三人とも大変お世話になりました。お礼を申し上げます。ありがとうございました」

「いいえ。こちらがお礼を言いたいくらいです。本当に楽しかった……」

涙を拭きながら鈴は言う。明日から双子がいないと思うとすごく寂しい。でもその気持ちも宝物のように思えた。それだけ彼らと仲よくなれた証なのだから。

「母上さま、また来てもいいよね？　また鈴ちゃんと会えるよね？」

稔がやや不安そうに聞く。

「母上さま、日仔また来たい。鈴ちゃんに会いたい！」

日仔が団子の袖を引っ張り懇願した。

「もちろんですとも！」

朗《ほが》らかな答えとともに、ふわっと暖かい風が吹く。次の瞬間、武尊一家は青い空を背に宙に浮く大きな布団の上に乗っていた。

子どもたちからわっと歓声があがった。

「魔法の絨毯だ！」

「違うよ、魔法のお布団だよ」

団子が彼らににっこりと笑いかけてから、鈴を見た。

「いぬがみ湯、あることは知っておりましたが、大人の隠れ家なのだと思っておりました。それがまさか、子連れ歓迎の宿だったとは！　家族で来ても楽しめるいい宿だと、子持ちのママさん神さまたちにしっかり宣伝させていただきます。また来年お世話になりますよ」

『また来年』という言葉に、鈴は胸がいっぱいになる。今回も四苦八苦したけれど、なんとか女将としての役割を果たせたということだろうか。

「はい、またのお越しを従業員一同、心よりお待ちしております！」

答えて、深々と頭を下げた。

「鈴ちゃーん！　ばいばーい！」

「ばいばい！　鈴ちゃん！」

手を振る稔と日仔の後ろでにっこり微笑む団子の肩を武尊がしっかり抱いている。

幸せな家族の姿に、鈴の胸は熱くなった。

「やれやれ、丸く収まってよかったな」

白妙がつぶやいた。

武尊一家が完全に青い空に消えたとき、パーン！という音が鳴り、色とりどりの花びらが天河村に降り注いだ。

「行っちゃったね……」

しばらくは皆その場に立ち尽くす。

「じゃあ皆、そろそろ学校に行こうか」

担任教師がそう言って一年一組が学校へ行き、囲碁クラブのメンバーも帰っていく。

「ふむふむ、子連れ歓迎の宿……これはファミリープランを練る必要がありそうですね」

蛙沢がつぶやきながら、ぴょんぴょんと玄関へ向かった。その他のいぬがみ湯の面々も建物の中に入ってく。白妙とふたりだけになっても、鈴は武尊一家が消えた空を見上げていた。

白妙が鈴の肩を抱く。

「寂しいか？」

鈴は目尻の涙を拭いて頷いた。

「はい。だけどよかったです、ふたりがお母さんとお父さんと一緒に帰ることができて」

ここにいる間の彼らの頑張りは目を見張るものがあった。でもやっぱりどこか気を張っていたように思う。母親が来てからは、無邪気な子どもの顔になり甘える姿が可愛かった。仲よしの両親に、安心したのだろう。

幸せな家族の姿を目の当たりにして、鈴の胸も温かい思いでいっぱいになる。朝日に照らされて輝く白妙の銀髪と大好きな満月色の目を見つめて、素直な思いを口にする。

「しろさま」

「ん？」

「私もしろさまと、あんな家庭を築きたいです。なんだか早くしろさまとの子どもが欲しくなっちゃいました」

そう言って微笑むと、白妙が目を見開いたまま固まった。

そして。

「す……！」

何かを言いかけてゴホンと一度咳払い。そのままゴホゴホとむせている。

その彼に、鈴は首を傾げた。

「しろさま？」

白妙が顔を背けて、ぶつぶつとひとり言を言い出した。

「いや、なんていうか……。私はそういう言葉を鈴から聞きたくて頑張っていたわけだが、頑張りすぎて飛び越えてしまったようだ。それにしても鈴の口から出るそういう言葉は、破壊力抜群だ。私の胸はどうにかなってしまいそうだ……」

その言葉に、鈴はようやく自分が何を口走ったかに気づく。彼との子どもが欲しいと思ったのは本心だが、そのためには今のままではダメなわけで。

「しろさま、すみません。私変なこと言っちゃった……」

頬が熱くなるのを感じながら、鈴は慌てて言い訳をする。

感極まって、恥ずかしいことを言ってしまった。

でも一方で、白妙が鈴の言葉に動揺していることを、とても嬉しく思ってもいた。

恋しく思う相手のちょっとした言動に、いちいち胸をドキドキさせる。それは自分だけではなかったということだ。

「今の話は聞かなかったことに……」

「しっかり聞いたよ」

そう言って、白妙が鈴を腕の中に閉じこめた。

「変なことではないよ、鈴。鈴と私の子ならば、きっととびきり可愛いに違いない」

額と額をくっつけて、熱のこもった目で鈴を見つめた。

「だけど、子は勝手にできるわけではない。コウノトリが運んでくるわけでもない。つまり今のままの私たちには子はできない」

「はい、しろさま」

「あのような家庭を築くには、私たちは今よりももう少し仲よくなることが必要だ」

少し意味深な言葉に、鈴の胸はこれ以上ないくらいに高鳴った。

こうやって彼の腕の中にいることは、鈴にとってもう当たり前になっている。ここが自分の居場所なのだ。

目を閉じると、瞼の裏に浮かぶのは稔を抱いていた彼の姿。腕の中の稔の姿が、あの日想像してしまった銀色の尻尾をつけた小さな男の子と重なった。

目を開き、ドキドキと鳴る心臓の音を聞きながら、鈴はその言葉を口にした。

「はい、しろさま。私、しろさまと……もう少し、仲よくなりたいです」

白妙が、よくできましたと言うかのように、にっこりと微笑んだ。

――そして。

「きゃ！」

優雅な仕草で鈴を抱き上げる。

突然の彼の行動に鈴は目を白黒させて彼の首にしがみついた。

「し、しろさま。あの……？」

戸惑う鈴を宝物のように抱えて彼は玄関に向かう。

「しろさま？　ど、どこへ行くのですか？」

問いかけると、足を止めて当然のことのように言った。

「部屋に決まってるじゃないか。鈴がそういう気持ちになったなら、もう私は一瞬だって待てないよ」

もはやすぐにでもさっきの鈴の言葉を実行しそうな勢いである。

「ま、待ってください、しろさま！　私、これから仕事がありますから」

「そんなもの、太郎と次郎と蛙沢にやらせておけばいいんだよ」

そう言って彼は鈴の頬に音を立ててキスをする。その甘い誘惑に負けそうになりながらも鈴は彼の腕を掴んで声をあげた。

「そういうわけにはいきません。私は、ここの女将なんですからっ！」


日が落ちたあとのいぬがみ湯、ぞくぞくと詰めかける入浴客が、ちゃりんちゃりんと賽銭箱に入湯料を入れていく。

「こんばんは、鈴ちゃん」

「こんばんは、いらっしゃいませ」

いつもの光景いつものやり取りだが、何か足りないように思えるのは、言うまでもなく双子がいないからだ。

それを寂しく思いながら、鈴は番台を次郎に任せて渡り廊下を大浴場に向かって歩く。困っている人がいないか、目を配りながら。

休憩処では、白妙が客たちと囲碁をしていた。

「や！　これで決まりだ、白妙さま」

「なんだ、私はまた負けたのか。ただ石を並べているだけかと思っていたが、奥が深いね。小さな稔でもできるのだから私にもできると思ったのだが」

「ははは、稔くんは特別賢い子ですから。帰ってしまって今日から寂しくなると思っていたが、白妙さまと一局対戦できるなら、ありがたい」

稔が帰ってしまったことで、客たちが寂しい思いをしないように、タイル画から出てきてくれたのだ。囲碁のやり方を教わってひとりひとり相手をしている。

「白妙さま、次は私とやりましょう」

「ああ、いいよ。だけど手加減しておくれ。私は覚えたばかりなんだから」

「もちろんです。それより聞いてくださいよ、白妙さま。今日はいいことがあったんです……」

お世辞にも稔と同じように……というわけにはいかないが、皆、地主神である白妙と対局できるということが嬉しいようだ。あれこれ世間話をしながら、まったく帰る気配がない。

そのとき。

「鈴！」

渡り廊下を、律子と健太郎がやってきた。健太郎は拓真を抱いている。

「りっちゃん、たっくん、けんちゃん。いらっしゃい」

律子が立ち止まり白妙たちを見た。

「稔くんと日仔ちゃんが帰っちゃって、おっちゃんたちしょんぼりしてるかと思ったけど案外大丈夫そうだね」

「うん、白妙さまが出てきてくださって」

するとと彼女はふふふと笑って鈴を見た。

「なんか白妙さま、最近ちょっと変わったよね。今までは出てこられても基本鈴にべったりだったじゃん？　それが今は客にも目を配ってくれているような……。昨日なんて転びそうになった拓真をキャッチしてくれたよ。なんだかおもてなしされてるような気分」

鈴の頭に『いぬがみ湯の主人』という白妙お気に入りの言葉が浮かんだ。

「白妙さまがおもてなし……」

言いながら少し考える。

本当ならやめてもらうように言うべきかもしれない。

でも白妙と嬉しそうに囲碁をする客たちの笑い声を聞いて笑みを漏らした。

「うん、ありがたいよね。稔くんが帰ってしまって、おじさんたちが寂しい思いをしないようにしてくださってるんだから」

律子が笑った。

「なんか、鈴も変わったよね」

「私？」

「うん。前はさ、すごい白妙さまに遠慮してたじゃん？　相手は地主神さまだから仕方ないけど。でも今は、なんかちゃんと夫婦って感じ」

「まだ、夫婦じゃないけどね」

そう言いながらも、鈴はその言葉を噛み締めた。

律子の言う通りだ。少し前の自分なら、こんな彼を見たら、申し訳なくていたたまれない気持ちになっていたに違いない。

でも今は、ただありがたいと思う。

律子がニカッと笑った。

「さて、今日も恵みの湯にゆっくり浸かろう。たっくん、おいで。ママと一緒に入ろう」

健太郎に抱かれている拓真に向かって彼女は手を伸ばす。しかし拓真が健太郎にしがみついた。

「けん！　けん！」

いやいやと首を横に振っている。律子ではなく健太郎と入りたいという意味だ。

「ええ!?　なんで？」

律子が驚いて声をあげた。

「ママと入ろう。ママがいいだろ？」

健太郎がため息をついた。

「律子お前、拓真の頭を洗うとき、ざばーとそのまま湯をかけるんだろう。顔にかからないようにしてやったら泣かないのに。俺はそうしてやるんだよ。だから俺と入りたがるんだ」

「頭？　ああ、あれはわざとだよ。そんな過保護にしてたら怖がりになるじゃんか！」

「だからそれは……」

「あらあら、おふたりさん、今日もとっても仲よしね」

大きな声でのやり取りに、通りすがりの常連客がくすくす笑って声をかけた。

「まるで夫婦」

「あ、おばさん。こんばんは」

律子は平然として答えるが、健太郎のほうはみるみる真っ赤になっていく。

「おっ……！　おばちゃん！　違うよ。俺たちは、幼なじみ！」

常連客は「はいはい、わかりましたよ」と言いながら脱衣所に続く朱色の暖簾《のれん》をくぐっていった。

「ったく！　こんなとこでぐずぐずしてたら、また変なこと言われる。拓真、行くぞ」

健太郎は拓真の着替えが入った袋を律子から奪い男湯の暖簾《のれん》をくぐっていく。拓真が腕の中で嬉しそうにぴょんぴょん跳ねていた。

「なんだあいつ。ただの冗談に真っ赤になっちゃって。だけど考えてみればあいつは鈴ひと筋でろくに恋愛してこなかったから、ピュアなのか。とはいえこの歳であの反応は心配だな……」

律子は困ったように頭をかいて、女湯の暖簾《のれん》をくぐっていった。

「どうやら、健太郎は、新しい一歩を踏み出したようだ」

客との一局を終え、いつの間にかそばに来ていた白妙が、鈴の耳に囁いた。意味深な言葉に、鈴は「あ」と声をあげる。

「けんちゃん、りっちゃんを……？」

「だけど、律子のあの様子じゃ、今回も苦戦しそうだな」

そう言って彼は肩を揺らして笑っている。

「私は、村人たちの個人的な事情にあまり興味は湧かないけれど、あいつだけはなんとかしてやりたい気分だな」

と、そのとき。

「鈴、こんばんは」

声をかけられて振り返る。祖母が佐藤に支えられて立っていた。後ろに父と母もいる。

「おばあちゃん！」

鈴が声をあげると、その場の客たちからも声があがった。

「佳代さん」

「お、元気になったのか」

「ありがとうございます。この通りなんとか歩けるようになりました」

祖母はまず客たちに頭を下げる。そして白妙を見た。

「白妙さま、お久しぶりでございます」

白妙が穏やかに微笑んだ。

「ああ、佳代。久しぶり。元気になってよかったよ」

「おかげさまで。ありがとうございます」

鈴は驚いて問いかけた。

「おばあちゃん、どうして？」

「一時退院だよ。医者から十分気をつけるなら、いぬがみ湯に行ってもいいと言われたんだ」

そういえば母がそんなことを言っていたと思い出す。でもここのところ宿のことにかかりきりで、正確な日にちまで気にかけていなかった。

「今日だったんだ。言ってくれればよかったのに。私、行けなくてごめんね」

「いいや、鈴には宿のことがあるんだから、それでいいんだよ。これからは、会いたいときはこうしておばあちゃんのほうが来るから」

その言葉に、鈴はかつての祖母と自分を思い出す。祖母はいつもいぬがみ湯の番台に座り鈴を待ってくれていた。鈴は祖母に会いたいときはここに来れば会えたのだ。立場が逆転しても関係は変わらない、そのことがなんだかすごく嬉しかった。

「でも、おばあちゃん。ここまで来るの大変だったでしょう？」

「いや、橋の向こうまでは車で送ってもらったし。それになんだか今朝から足腰が楽なんだよ。きっとここに滞在されていた神さまのご加護だね。鈴、立派にやっているようだね」

前女将からの褒め言葉に、鈴は胸がいっぱいになる。

そこへ。

「「佳代さま！」」

太郎と次郎が姿を現して、佳代の膝にくっついた。

「ああ、たろちゃんじろちゃん、久しぶりだね。ふたりともよく鈴を助けてやっているようだ。ありがとう」

佳代が二匹の頭を撫でた。

「はい！　僕たち頑張ってます」

「そうかい。何しろ女将の仕事は細々とやることは山のようにあるからね。これからも助けてやってくれるとありがたいよ」

「はい！　頑張ります！　ですが近ごろは、うちのぐうたら神さまも宿の手伝いをしてくださるようになったんですよ」

「え？　白妙さまが？」

佳代が声をあげて、白妙を見た。

次郎が嬉しそうに報告する。

「なんと先日は、ご利益を授けずに逃げようとした神さまを連れ戻してくださったんです」

「いつもタイル画で寝てばかりだったお姿とは、まるで別人……いえ、別神さまのようでした」

久しぶりに会う佳代に、ふたりは口々に話をする。微笑ましい光景だが、その内容に、鈴は気まずい思いになった。

白妙にいぬがみ湯を手伝ってもらっているなんて、祖母はなんて思うだろう。

「白妙さまが、別神さま……」

白妙が得意そうにした。

「私は鈴と夫婦になる。鈴はここの女将なのだから、私は主人ということになるだろう？　宿の手伝いくらい当然だ」

その姿に、佳代が唖然としている。

「手伝い……」

「あ、あのね、おばあちゃん。これには理由があって、まず私が言い間違えてしまったことが始まりで……その」

慌てて鈴は口を挟む。

佳代がぷっと噴き出して、あははははと笑い出した。

「おばあちゃん……？」

意外な祖母の反応に鈴が首を傾げると、彼女は口を開く。

「やるじゃないか、鈴！　私がいくら言ってもタイル画でぐーぐー寝るばかりでちっともポーズをとらなかった白妙さまを手懐ける……、いや、手伝いをしていただくまでになるなんて！」

心底嬉しそうに笑っている。そんな彼女に驚きつつ、どうやら叱られることはなさそうだと鈴はホッと息をついた。

「孝子さん、鈴は立派にやってるね」

母はにっこり笑って頷いた。

「ずっと女将をやっていくなら、夫婦間の協力は不可欠よ、鈴」

「ちょっと罰当たりだけどね」

鈴が言うと祖母は首を横に振った。

「大丈夫だよ、鈴。ここの女将は鈴なんだ。白妙さまは鈴のためだから、手を貸してくださる。それでいいんだよ。ふたりは夫婦になるんだから」

——夫婦になる。

少し恥ずかしいけれど、鈴はしっかりと頷いた。

「うん」

白妙が鈴の肩を抱く。そんなふたりを祖母は眩しそうに見て目尻の涙を拭った。

「今日嫁に出すみたいな気分だねえ」

「嫌だ、お義母さん。まだ少し早いですよ」

言いながら母もハンカチを出している。

「これ、太郎、次郎」

佳代が再びふたりを呼び、何やら耳打ちをする。

「え！」

太郎が目を見開いた。

次郎が声をあげる。

「じゃあもう見張らなくてよいのですか？」

いったいなんのやり取りをしているのか、いまひとつわからない鈴の耳に、白妙が囁いた。

「どうやら許しが出たようだ」


皆眠りにつき、静まり返った夜のいぬがみ湯。

番台裏の和室のガラス戸をガラガラ開けると、白妙が人の姿で待っていた。白地に市松柄の浴衣を着て、ひとつにまとめた銀髪を肩から流している。布団の上に胡座をかいて座っていて、鈴を見ると微笑んだ。

「おつかれ、鈴。今日もよく頑張ったね」

「しろさまも、今日はありがとうございました」

今夜彼は、結局ほとんどの時間を休憩処で過ごしていた。双子がいなくなって寂しいと思っていたであろう入浴客たちは、彼にたっぷり話を聞いてもらいご満悦で帰っていったのだ。

「いや、私も楽しかったよ。村人たちとあんなにじっくり話をするのは久しぶりだけれど、いいものだね」

「皆さんも、しろさまとたくさんお話できて嬉しそうでした」

『いいものだ』という言葉は本心なのだろう。彼は機嫌よく続ける。

「皆の話、興味深く聞いたよ。やたらと人間に交じりたがる武尊の気持ちが少しわかったような気がするな。私もこれからは、もう少しタイル画から出ることにしよう。なんなら、武尊がよく行っていた、高倉のなんとかって店にも……」

「そ、そこはダメです……！」

彼の言葉を遮って、鈴は思わず声をあげる。武尊が行っていた高倉の店は、クラブかキャバクラだ。そんなところへ彼が行って綺麗な女性たちに囲まれるなんて、想像するだけで嫌な気持ちになる。

白妙が瞬きを繰り返してどうしてだ？という表情になった。

「あ……いえ、その……」

彼に行ってほしくないが、思ったことをそのまま言うこともできなくて、取り繕うようにごにょごにょ言う。

白妙がふっと笑って、鈴の腕を引いた。あっという間に布団の上で彼の腕に閉じこめられる。

「なら、私はずっとここにいることにしよう」

にっこり笑って、白妙が鈴の髪に頬ずりをした。

「んー、それにしても今夜の鈴は特別にピカピカだなぁ。こうして腕に抱いているだけで、心が澄んでいくようだ」

その言葉に、鈴の頬は熱くなった。今夜鈴はいつもより念入りに身体を洗い、そのあと禊《みそぎ》もしたのだ。もちろんそれは、白妙と『もう少し仲よくする』ことに備えてなのだが、それを見透かされたようで、恥ずかしい。

身をよじり視線を彷徨わせた鈴は、あることに気がついた。

「あれ？　お布団が……」

いつも使っている布団と同じものなのはたしかだが、まるで打ちたてのようにふかふかとしている。今日の昼間に干したわけでもないのに。

「ああ、団子からのお礼だろう。あの三人がどれだけ鈴の世話になったのか、彼女はよくわかっているようだ。今夜、私たちが仲よくすることまで予測していたわけではないだろうが」

その言葉に、また鈴は恥ずかしくなって、彼の胸に顔を埋めた。もう何もかもが恥ずかしい。心も身体もふわふわとして自分が自分でないみたいだ。

覚悟ができたように思ったのは錯覚だったのだろうか。

「鈴」

白妙が、鈴の顎に手を添えた。優しく促されて上を向くと、満月色の綺麗な瞳が白分を見つめていた。

「私は鈴を生涯にわたり大切にすると誓う。必ず鈴を幸せにするよ」

「しろさま」

彼が紡ぐ真っすぐな言葉が、鈴の胸に染み渡る。ほんの少しだけ胸のふわふわが落ち着いていくような心地がして、代わりに伝えたい言葉が胸に浮かぶ。

「私も、しろさまを大切にします。必ず幸せにします」

「私はもう十分幸せだ」

白妙がにっこり笑って、鈴の頬にキスを落とした。

「鈴に『しろさま』と呼ばれると、そのたびに私は温かな気持ちになる」

「しろさま、私もです。しろさまに名前を呼んでもらうと、それだけでまた頑張ろうって思えるんです。こんな気持ちになるのはしろさまだけです」

想いをこめてそう言うと、白妙がたまらないという表情になり、鈴を抱く腕に力をこめた。

「大切に、大切にするからね」

「しろさま」

そして熱い口づけを交わす。

想いが通じ合ったばかりのころの鈴にとって、彼は遠い存在だった。互いに想い合っているのはたしかだが、いる場所は全然違う、そんなふうに思っていた。

そもそも鈴は、夫婦というものがよくわかっていなかったのだ。

だから自分と白妙がどういう夫婦になるのかなど、想像もできなかったし、考えようともしなかった。

でも今は、少しわかったような気がしている。

夫婦とは、互いに想い合うだけでなく助け合い支え合うものなのだ。そしてそれを感謝し合うものなのだ。

――私としろさまも、きっとそんな夫婦になれるはず。

ふかふかの布団の中で、白妙とこれ以上ないくらい仲よくしながら、鈴はそんなことを考える。

春はもうすぐそこまで来ていた。


清々しい朝の空気を感じて、鈴はうっすらと目を開く。

幸せな夢をたくさん見たような心地よい目覚めだ。

目の前にあるしじら織の浴衣へ頬ずりをして、ハッとして目を開いた。

自分が、白妙にくっついていたことに気がついたからだ。

人の姿の彼は、両腕を鈴の身体に回し、がっちりとホールドしたまま気持ちよさそうに眠っている。

カーテンの隙間から差しこむ朝日に、銀色の髪が輝いていた。

閉じたまつ毛と形のいい眉に、鈴は珍しいものを見たという気持ちになる。毎日一緒に寝ていても、人の姿の彼が眠っているのを見たことはなかったからだ。

たいてい彼は、鈴より先に起きて、鈴が起きるのをにこにこしながら待っている。

いつもと逆の状況が、なんだか少し嬉しかった。

昨夜彼はタイル画から出て入浴客の相手をしていた。『いいものだ』と言ってはいたが、疲れているのかもしれない。

口元に笑みを浮かべて、鈴はそっと手を伸ばす。

綺麗な銀髪に触れると、愛おしい想いで胸がいっぱいになった。

先に起きて自分の寝顔を見ている彼に、そんなことをしないで起こしてほしいと鈴はいつも思っていた。

無防備な姿を見られるのは恥ずかしいからだ。口に出してお願いしたこともある。

でも。

『私の楽しみを奪わないでおくれ』

そう言って彼は、にこにこするばかりだった。

その彼の気持ちが、今はよくわかる。

きっと彼のこんな姿を見られるのは自分だけ。そう思うと、この瞬間を宝物のように感じる。

――ずっとこうしていたい。

しばらく彼の髪のさらさらを楽しんだ鈴は、今度は彼の頬に……

そのとき。

「可愛いいたずらは、そのくらいにしておかないと、また食べてしまうよ」

ドキッとして手を止めると、いつのまにか目を覚ましていた白妙に、伸ばした手を掴まれていた。

そのまま彼はそこに口づける。

「おはよう、鈴」

「し、しろさま、起きてたんですね」

指に触れる甘い唇の感触に、鈴はドギマギしながら答えた。

「今起きたんだよ。可愛いいたずらで」

「申し訳ありませんでした。つい……」

「いや、最高の目覚めだったよ。私は鈴に触れるのも好きだが、触れられるのも心地よい」

そう言って彼は少し真剣な表情で鈴を見つめた。

「身体はつらくない？」

その言葉の意味が、一瞬理解できなくて、鈴は瞬きをして首を傾げる。

すると彼は鈴を抱く腕にギュッと力を込めて、甘く耳に囁いた。

「昨夜は少し無理をさせた」

「っ……⁉」

その言葉にようやく鈴は、昨夜の出来事を思い出す。頬が熱くなってしまう。

「だ、大丈夫です……」

答えて、彼の胸に顔を埋める。とてもじゃないが恥ずかしくて彼の顔を見られなかった。

「よかった」

白妙が安堵したように息を吐いて、鈴の頭にたくさんの口づけを落とす。

「し、しろさまは、お疲れではありませんか？　昨夜はたくさんお客さんの相手をしてくださっていましたから……」

問いかけると、白妙が口づけを止めた。

「私？」

顎に手を添えられて、優しく上を向かせられる。

視線の先で彼はにっこりと微笑んだ。

「私は、これ以上ないくらい幸せだ。ようやく鈴をこの腕に抱けたのだから」

また昨夜のことを口にされて、鈴は真っ赤になってしまう。

鈴だってまったく同じ気持ちだけれど、こんなふうに口に出されてはたまらない。顔を埋めて「そうですか」と言うのが精一杯だった。

「本当に最高の気分だ。今ごろ天河山は、山桜が満開だな。今日は村人たちは季節外れの花見を楽しめるよ」

「え？　……どういうことですか？」

意味不明な言葉に、鈴が瞬きをして尋ねると、彼はにっこりと笑った。

「山が私の気分を表すのだよ。私と鈴が仲よくした朝は、私が最高に幸せな気分になる。いたるところで花が満開だ」

「仲よくしたって……え、ええ⁉」

言葉の意味を理解して、鈴は目を剥いた。

「これからここの村人たちは、一年中お花見ができるようになった。鈴のおかげだよ」

そんな話は初耳だ。祖母からも聞いていない。

でも、白妙はこの地を守る地主神だから、そういうことがあってもおかしくはないのかもしれない。

だけどそんなの恥ずかしすぎると、鈴は頭がパニックになる。

万が一その仕組みを他の人たちに知られたら、白妙と鈴の事情が、丸わかりになってしまうではないか。

「しししろさま、私、そんなの困ります。う、嘘ですよね?」

あわあわ言って問いかけると、白妙がぷっと噴き出した。くくと肩を揺らして笑っている。

「もちろん、嘘だよ。そのくらい気分がいいのはたしかだから、山の桜をすべて満開にするくらいはできるけどね」

鈴は一瞬ぽかんとする。

まさかまさか、神である白妙にこんな冗談を言われると思っていなかったからだ。

笑い続ける白妙に、頬を膨らませた。

「もう。びっくりしたじゃないですか。しろさまは神さまなのに、神さまなのに……」

嘘をつくなんて信じられない。

鈴の頬を白妙が摘んだ。

「すまない、すまない。気分がよくて、いけないことをしてしまった。だけど、ぷりぷりする鈴も可愛いなぁ」

『すまない』『いけないこと』と言いながら、反省している様子はまったくない。

「本当ならどうしようかと思いました」

「どうしようかって？」

「だって……その、皆にバレるなら……こういうことは、その……」

「もうできない？」

白妙が鈴を覗きこんで問いかける。

「そうです……だけど……」

「だけど？」

からかうような白妙の目に、鈴はまた「もう」と言って、彼の胸に顔を埋めた。

バレるなら、恥ずかしいからもう仲よくできないと思う。でもそれはすごく寂しいとも思う。なぜなら昨夜の出来事は、鈴にとって幸せなかけがえのない時間だったから……

そんな鈴の気持ちなどお見通しなのだろう。

白妙は鈴を抱きしめて、機嫌よく笑っている。

そしてまた覗きこんでジッと見つめた。

「昨夜のこともこれからのことも鈴と私の秘密だ。だから、これからもたくさん仲よくしよう。約束してくれるね？」

すぐ近くで自分を見つめる満月色の瞳に、鈴の気持ちはあっという間に溶けてゆく。

頬が熱くなるのを感じながらこくんと頷くと、彼はたまらないといった表情になる。

「なら、さっそく今から……」

そう言う彼の唇が、ゆっくりと下りてきた。

「い、今から⁉　しろさま、私もうそろそろ起きなくちゃいけなくて……」

「今日くらいいいじゃないか。せっかく騒がしい家族が帰ったんだ。今日は銭湯は休みにして鈴もゆっくりしたらいい」

「そ、そういうわけにはいきません……！」

慌てる鈴の唇に、あと少しで彼が触れるというところで。

「どうします？　昨日、佳代さまに朝はこの戸をいきなり開けてはいけないと言われましたが」

番台へ続くガラス戸の向こうから、何やら声が聞こえてきて、白妙はぴたりと動きを止める。

次郎の声だ。

「だけど、それならどうやって開けたらいいかわからないよね」

太郎が答えている。

「もう起きていらっしゃるかな？」

「うーん、話し声が聞こえたような気がしたけど、今は静かになってますね」

いつものように起こしにきたのだろう。

戸を開けてもいいかどうかわからなくて聞き耳を立てている。

ヒソヒソ話をしているつもりのようだが、丸聞こえだ。

すりガラスにくっつく可愛いふたつの耳に、鈴と白妙は視線を合わせる。

「主人のいいところを盗み聞きしようとするしもべなんて、どこを探してもあいつらだけだな」

呆れたように白妙がつぶやき、鈴はくすくすと笑った。

時は大正。あやかしが見える志乃は親を亡くし、親戚の家で孤立していた。そんなある日、志乃は引き立て役として生まれて初めて出席した夜会で、由緒正しき華族の橘家の一人息子・桜虎《おうこ》に突然求婚される。彼は絶世の美男子として名を馳せるが、同時に奇妙な噂が絶えない人物で——警戒する志乃に桜虎は、志乃がとある「条件」を満たしているから妻に選んだのだ、と告げる。愛のない結婚だと理解して彼に嫁いだ志乃だったが、冷徹なはずの桜虎との生活は予想外に甘くて……!?

●定価：726円（10％税込）　●ISBN:978-4-434-33471-9　●Illustration：櫻木けい

動画配信で生計を立てている小夏《こなつ》。ある日彼女は、イケメンあやかし主人・糸《いと》が営む、あやかし専門の旅籠《はたご》に迷い込む。糸によると、旅籠の経営状況は厳しく、廃業寸前とのことだった。山菜を使った薬膳料理、薪風呂、癒し系イケメン主人……たくさん魅力があるのだから、絶対に人気になる。そう確信した小夏は、あやかし達に向けた動画を作り、旅籠を盛り上げることを決意。工夫を凝らした動画で宿はどんどん繁盛していき、やがて二人の関係にも変化が——

◉定価：726円（10%税込）　◉ISBN:978-4-434-33468-9　◉Illustration：條

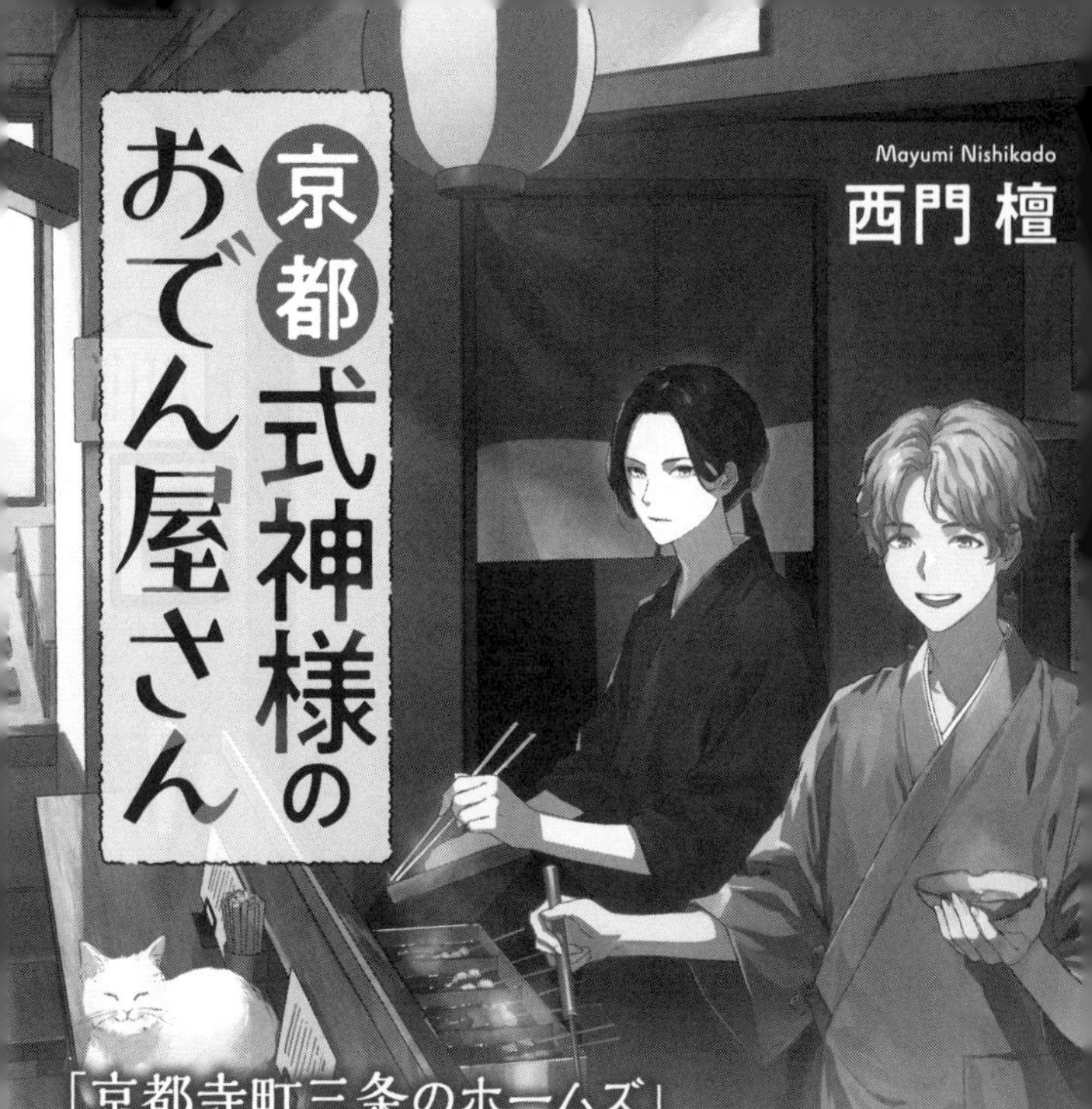

「京都寺町三条のホームズ」
望月麻衣氏推薦!!

京都の路地にあるおでん屋『結《むすび》』。その小さくも温かな店を営むのは、猫に生まれ変わった安倍《あべの》晴明《せいめい》と、イケメンの姿をした二体の式神だった。常連に囲まれ、お店は順調。しかし、彼らはただ美味しいおでんを提供するだけではない。その傍らで陰陽道を用いて、未練があるせいで現世に留まる魂を成仏させていた。今日もまた、そんな魂が救いを求めて、晴明たちのもとを訪れる――。おでんで身体を、陰陽道で心を癒す、京都ほっこりあやかし物語!

◉定価：726円（10%税込）　◉ISBN:978-4-434-33465-8　◉Illustration：imoniii

この作品に対する皆様のご意見・ご感想をお待ちしております。

おハガキ・お手紙は以下の宛先にお送りください。

【宛先】

〒150-6019 東京都渋谷区恵比寿 4-20-3 恵比寿ｶﾞｰﾃﾞﾝﾌﾟﾚｲｽﾀﾜｰ 19F
（株）アルファポリス　書籍感想係

メールフォームでのご意見・ご感想は右のＱＲコードから、
あるいは以下のワードで検索をかけてください。

アルファポリス　書籍の感想　検索

ご感想はこちらから

アルファポリス文庫

神《かみ》さまお宿《やど》、あやかしたちとおもてなし 2 ～神《かみ》さま修行《しゅぎょう》と嫁修業《よめしゅぎょう》!?～

皐月なおみ（さつき なおみ）

2024年２月25日初版発行

編　集－境田 陽・森 順子
編集長－倉持真理
発行者－梶本雄介
発行所－株式会社アルファポリス
〒150-6019 東京都渋谷区恵比寿4-20-3 恵比寿ｶﾞｰﾃﾞﾝﾌﾟﾚｲｽﾀﾜｰ19F
TEL 03-6277-1601（営業）　03-6277-1602（編集）
URL https://www.alphapolis.co.jp/
発売元－株式会社星雲社（共同出版社・流通責任出版社）
〒112-0005 東京都文京区水道1-3-30
TEL 03-3868-3275
装丁イラスト－志島とひろ
装丁デザイン－NARTI;S（稲見 麗）
印刷－中央精版印刷株式会社

価格はカバーに表示されてあります。

落丁乱丁の場合はアルファポリスまでご連絡ください。

送料は小社負担でお取り替えします。


ISBN978-4-434-33469-6 C0193